Siempre tuyo

Daniel Glattauer

Siempre tuyo

Traducción de Macarena González

ALFAGUARA

Título original: Ewig Dein
© 2012, Deuticke im Paul Zsolnay Verlag Wien
© De la traducción: Macarena González
De esta edición:
    D. R. © Santillana Ediciones Generales, S.A. de C.V., 2012
    Av. Río Mixcoac 274, Col. Acacias
    México, 03240, D.F. Teléfono 5420 7530
    www.alfaguara.com/mx

Primera edición: febrero de 2012

ISBN: 978-607-11-1713-7

Diseño:
Proyecto de Enric Satué

© Cubierta:
    María Pérez-Aguilera

© Fotografía de cubierta:
    Trevillion Images

Traducción subvencionada por el Ministerio de Educación,
Arte y Cultura de Austria.

Impreso en México

PRISA EDICIONES

Fase uno

1.

Cuando él entró en su vida, Judith sintió un dolor agudo que se pasó enseguida.

Él: —Perdón.

Ella: —No ha sido nada.

Él: —Con este gentío...

Ella: —Ya.

Judith le echó un vistazo a su cara como si fueran los titulares deportivos de cada día. Sólo quería hacerse una idea del aspecto que tiene alguien que le cercena a uno el talón un Jueves Santo, en la atestada sección de quesos. No se sorprendió mucho, era un hombre normal. Uno más, como todos los que estaban allí, ni mejor, ni peor, ni más original. ¿Por qué toda la ciudad tenía que comprar queso para Semana Santa? ¿Y por qué en el mismo supermercado y a la misma hora?

En la caja, él —otra vez él— estaba a su lado, depositando la compra sobre la cinta. Ella lo percibió gracias a la manga de una chaqueta de nobuk marrón rojizo, con su olor correspondiente. De su rostro se había olvidado hacía rato. No, ni siquiera lo había retenido, pero le gustaron los movimientos hábiles, precisos y a la vez ágiles de sus manos. En el siglo XXI aún sigue siendo un milagro que un hombre de cuarenta y tantos llene el carrito del súper, lo vacíe y embolse la compra como si ya lo hubiese hecho antes alguna vez.

En la salida ya casi no fue casualidad que él volviera a estar ahí, para sujetarle la puerta y brillar por su memoria fisonómica a largo plazo.

—Disculpas de nuevo por el pisotón.

—¡Ah!, ya lo había olvidado.

—No, no..., si yo sé que esas cosas pueden hacer un daño tremendo.

—No ha sido para tanto.

—Bueno, bueno.

—Ya.

—Pues entonces nada.

—Ya.

—Felices Pascuas.

—Igualmente.

A ella le encantaba aquella clase de conversaciones en el supermercado, pero con aquélla ya sería suficiente para siempre.

De momento, sus últimos pensamientos sobre él giraron en torno a aquel gigantesco racimo amarillo de entre cinco y ocho plátanos, que lo había visto guardar en una bolsa. Alguien que compra entre cinco y ocho plátanos seguro que tiene en casa dos, tres o cuatro niños hambrientos. Debajo de la chaqueta de cuero debía de llevar un chaleco, con grandes rombos de todos los colores. Era un auténtico padre de familia, pensó ella, uno de esos que lavan la ropa de cuatro, cinco o seis personas, y la ponen a secar, probablemente todos los calcetines en hilera, ordenados por pares, y cuidadito con que alguien desordene la colada tendida.

Cuando llegó a casa, Judith se puso una tirita gruesa en el talón enrojecido. Por suerte no se había roto el tendón de Aquiles. De todos modos, se sentía invulnerable.

2.

La Semana Santa fue como siempre. Sábado por la mañana: visita a mamá.

Mamá: —¿Cómo está tu padre?

Judith: —No lo sé, voy a verlo esta tarde.

Sábado por la tarde: visita al padre.

Padre: —¿Cómo está mamá?

Judith: —Bien, he ido a verla esta mañana.

Domingo por la mañana: visita a su hermano, Ali, que vivía en el campo.

Ali: —¿Cómo están mamá y papá?

Judith: —Bien, fui a verlos ayer.

Ali: —¿Están juntos de nuevo?

El lunes de Pascua, Judith invitó a unos amigos a su casa. En realidad vinieron a cenar, pero ella había estado preparándolo todo desde que se levantó. Eran seis: dos parejas y dos solteros (uno eterno, el otro... ella misma). Entre plato y plato hubo charlas de alto nivel, principalmente sobre métodos de cocción sin pérdida de vitaminas y sobre los últimos avances en la lucha contra la precipitación del tártaro en los vinos. El grupo era homogéneo, a ratos incluso confabulado (contra la guerra, la pobreza y el foie-gras de oca). La araña modernista recién colgada proporcionaba una luz cálida y rostros afables. The Divine Comedy había puesto a la venta su nuevo disco justo a tiempo para la ocasión.

Ilse hasta le sonrió una vez a Roland, él le frotó el hombro derecho durante dos segundos (y eso después de trece años de casados y dos hijos en el carcaj del que cada día se disparaban flechas contra la pasión). La otra pareja, más joven, Lara y Valentin, aún se hallaba en el periodo de hacer manitas. De vez en cuando ella le estrechaba los dedos con las dos manos, quizás para retenerlo con más fuerza de lo que conseguiría a la larga. Como es natural, Gerd fue de nuevo el más divertido, toda una fiera social, que se superaba en la labor de animar a las personas reservadas a expresarse con soltura. Por desgracia no era gay, de lo contrario a Judith le habría gustado encontrarse a menudo con él a solas, para confiarle cosas más personales de lo que era posible en un grupo con parejitas.

Al término de estas veladas, una vez que los invitados ya se habían marchado y tan sólo quedaban vahos de ellos, Judith siempre examinaba cómo se sentía, en la intimidad consigo misma y con montañas de platos sucios. ¡Ah...!, aquello sí que era una calidad de vida claramente superior: cumplir un turno de una hora de faena en la cocina, abrir las ventanas de par en par y dejar entrar aire fresco en el salón, respirar hondo, tragar deprisa una pastilla preventiva contra el dolor de cabeza y luego, por fin, abrazar su adorada almohada y no soltarla hasta las ocho de la mañana. Aquello era claramente mejor que tener que penetrar en la psique de un «compañero» quizás (también) borracho —que padece mutismo crónico, no ha nacido para las horas de cierre privadas y es reacio a participar en las tareas de orden y limpieza— para sondear si él abriga esperanzas o temores de que todavía pueda surgir sexo. Judith se evitaba ese estrés. Sólo a veces, por la mañana temprano, faltaba a su lado aquel hombre bajo la manta. Pero no debía ser cualquier hombre, ni siquiera cierta clase de hombre, sólo uno concreto. Y por eso, lamentablemente, no podía ser ninguno de los que conocía.

3.

A Judith le gustaba ir a trabajar. Y cuando no, como casi siempre le ocurría después de los días de fiesta, hacía todo lo posible por convencerse. Al fin y al cabo era su propia jefa, aunque varias veces al día deseara tener otra, una más negligente, como su aprendiza Bianca, por ejemplo, que no necesitaba más que un espejo para trabajar a tiempo completo. Judith dirigía una pequeña empresa en la Goldschlagstraße, en el distrito quince de Viena. Eso sonaba más empresarial de lo que era, pero ella adoraba su tienda de lámparas, no la cambiaba por ninguna otra. Desde niña le parecían los sitios más bonitos del mundo, llenos de estrellas titilantes y esferas resplandecientes, siempre muy iluminados, permanentemente de fiesta. En el refulgente museo de luces de su abuelo se podía celebrar la Navidad cada día.

A los quince, Judith se sentía como en una jaula dorada, vigilada por lámparas de pie mientras hacía los deberes, alumbrada por apliques y arañas hasta en sus ensueños más íntimos. Para su hermano Ali, aquel ambiente era demasiado luminoso, él rechazaba la luz y se retiraba al cuarto oscuro. Mamá luchaba encarnizadamente contra la quiebra y su abrumadora apatía emprendedora. Papá ya prefería los locales menos iluminados. Ambos se habían separado en buenos términos. «Buenos términos» era la expresión más cruel que conocía Judith. Significaba dejar que las lágrimas se secaran y petrificaran en la comisura de los labios, forzados en una sonrisa. Llegaba un día en que las comisuras de la boca resultaban tan pesadas que se hundían y quedaban hacia abajo para siempre, como le había sucedido a mamá.

A los treinta y tres, Judith se hizo cargo de la arruinada tienda de lámparas. En los últimos tres años el negocio había empezado a brillar de nuevo, si bien no con el esplendor de la época del abuelo, pero la venta y la reparación marchaban lo bastante bien para pagarle a mamá por quedarse en casa. Aquéllos eran, sin duda, los mejores términos en que Judith se había separado de alguien hasta el momento.

Dada la excepcional calma de los negocios, pasó la mayor parte del martes después de Pascua en la trastienda, bajo la tenue luz de la lámpara de oficina, limitándose a cumplir con los deberes que le imponía la contabilidad. De Bianca no se supo nada entre las ocho de la mañana y las cuatro de la tarde, probablemente habría estado «maquillándose un momento». Para demostrar que de todos modos aquel día había estado presente, poco antes de la hora de cerrar exclamó de pronto:

—¡Jefaaaa!

Judith: —¡Por favor, no grite así! Venga aquí si quiere decirme algo.

Bianca (ya a su lado): —Allí hay un hombre para usted.

Judith: —¿Para mí? ¿Qué quiere?

Bianca: —Decirle buenas tardes.

Judith: —¡Ah...!

Era el hombre de los plátanos. Judith no lo habría reconocido de no ser por el contenido de sus palabras.

Él: —Sólo quería darle los buenos días. Soy el que le pisó el talón antes de Pascua en el Merkur. La he visto entrar aquí esta mañana.

Judith: —¿Y ha estado esperando usted hasta ahora a que yo vuelva a salir?

Sin querer, Judith rio por lo bajo. Tenía la sensación de haber estado bastante graciosa. El hombre de los plátanos también rio, es más, lo hizo de un modo muy bonito, con dos ojos radiantes, rodeados de cientos de arruguillas, y alrededor de sesenta dientes de un blanco resplandeciente.

Él: —Tengo mi despacho a dos calles de aquí. Por eso he pensado...

Ella: —Decirme buenas tardes. Muy amable. Me sorprende que me haya reconocido.

Lo dijo muy en serio, no por coquetería.

Él: —La verdad es que a usted no debería sorprenderle.

Entonces él la miró de manera extraña, extrañamente radiante para un padre de familia con ocho plátanos. No, no eran ésos los momentos en que Judith sabía qué hacer. Sintió calor en las mejillas. Al mirar las agujas de su reloj, advirtió que aún le faltaba hacer una llamada urgente.

Él: —Pues nada.

Ella: —Ya.

Él: —Ha sido un placer.

Ella: —Ya.

Él: —Quizás nos volvamos a ver.

Ella: —Si alguna vez necesita usted una lámpara.

Ella rio para encubrir lo trágico de su comentario. Entonces llegó Bianca, esta vez en el momento más oportuno.

—¿Me permite, jefa?

Quería decir que era hora de irse a casa. También fue la señal de partida para el hombre de los plátanos. En la puerta se volvió una vez más y saludó con la mano como si estuviera en una estación, pero no como diciendo adiós, sino como quien ha ido a recoger a alguien.

4.

Por la noche, Judith pensó fugazmente en él un par de veces. No, fugazmente no, pero pensó en él. ¿Cómo era que había dicho? «A usted no debería sorprenderle.» ¿O incluso había dicho: «La verdad es que a usted no debería sorprenderle»? ¿Y no había subrayado el «usted»? Sí que lo había subrayado. Había dicho: «La verdad es que a USTED no debería sorprenderle». USTED, en el sentido de «a una mujer como usted». No deja de ser bonito, pensó Judith. Es más, tal vez había querido decir: «La verdad es que a USTED, a una mujer como usted, una mujer tan guapa, interesante», había querido decir «a una mujer tan hermosa, tan imponente, a una mujer que parece tan inteligente, tan lista, tan estupenda, pues a una mujer como USTED», había querido decir «a una mujer así no debería sorprenderle» que la haya reconocido. No deja de ser muy bonito, pensó Judith.

«Una mujer como usted» era lo que había querido decir, «a una mujer así, la ves una vez», por ejemplo, cuando acabas de destrozarle el talón en la sección de los quesos, «la ves una vez y ya no se te quita de la cabeza, y mucho menos del cuerpo», había querido decir. Pues no deja de ser bonito, muy bonito, pensó Judith.

Quería dejar ya de pensar en eso, porque no tenía veinte años, porque conocía a los hombres y ya no estaba dispuesta a dejar de pluralizar con tanta facilidad, y porque, ¡por Dios!, tenía cosas más importantes que hacer, ahora mismo iba a descalcificar la cafetera eléctrica. Pero antes pensó —sólo un momento— en cómo él había subrayado el «usted», el «usted» de «La verdad es que a USTED no debería sorprenderle». ¿Era el «usted» de «una mujer como usted»? ¿O había sonado más específico y deliberado, como «usted» en el sentido de: «USTED. USTED. ¡SÍ, USTED! Únicamente USTED»? En ese caso era probable que hubiese querido decir: «A todas las mujeres del mundo debería sorprenderles, a todas menos a USTED, pues USTED, usted no sólo no es una mujer como las otras, no, usted es una mujer como ninguna otra. Y a USTED, a USTED, ¡sí, a USTED! Únicamente a USTED», había querido decir «la verdad es que no debería sorprenderle» que la haya reconocido. Pues no deja de ser bonito, muy, pero que muy bonito, pensó Judith. Aunque, por desgracia, no había vuelta que darle: sí que le había sorprendido que la reconociera. Y de eso se trataba. Y por eso se puso a descalcificar la cafetera.

Al día siguiente, tan sólo se acordó de él en una ocasión, a la fuerza. De improviso, Bianca dijo:

—He notado una cosa, jefa.

Judith: —¿No me diga? Estoy intrigada.

Bianca: —Usted a ese hombre le gusta.

Judith, y eso fue alto teatro: —¿A qué hombre?

Bianca: —Ya sabe, el alto, el que tiene el despacho aquí cerca, el que vino a darle los buenos días, jo, no vea cómo se la comía con los ojos.

Bianca balanceó la cabeza e hizo girar un par de veces sus hermosas pupilas oscuras.

Judith: —Qué va..., tonterías, son imaginaciones suyas.

Bianca: —¡Qué van a ser imaginaciones mías! ¡Le digo que está superenamorado de usted, jefa! ¿Es que no se entera?

Su tono fue fuerte e impertinente, pero Bianca podía permitirse hablarle así, precisamente porque no tenía idea de que podía permitírselo, lo hacía sin más. Judith apreciaba su sinceridad irreverente e impulsiva. Pero, desde luego, esta vez la chica se equivocaba por completo. ¡Qué le iba a gustar ella a ese hombre! Vaya tontería... fantasías de aprendiza. Él no la conocía lo más mínimo, salvo el talón no sabía nada de ella, nada en absoluto.

5.

El domingo celebraron el cumpleaños cuarenta de Gerd en el Iris, un bar poco iluminado, capaz de hacerlo parecer diez años más joven. Gerd era popular. De los cincuenta invitados vinieron ochenta. Veinte de ellos no querían prescindir del oxígeno y, por ese motivo, pese a su aprecio por Gerd, se trasladaron al Phoenix, el bar de al lado, que estaba casi vacío gracias al pianista que tocaba en vivo. Judith fue una de ellos.

Se mostró sumamente cariñoso un hombre del pasado, afortunadamente lejano, que se había vuelto insignificante. Se llamaba Jakob, lástima que ese bonito nombre quedara unido para siempre a su cara. En realidad, hacía mucho que con él estaba todo dicho (o callado). Al cabo de tres años de una relación interpersonal —en la que Judith nunca había pasado de estar interpuesta—, ella se había visto obligada a terminar. La razón: Jakob tenía una crisis persistente..., una crisis llamada Stefanie, con la que poco después se casó.

Pero de eso hacía ya seis años, por eso aquella noche de sábado, en el Phoenix, Jakob volvió a ser lo bastante objetivo para notar que no había labios más bonitos que los de Judith. Los mismos labios que enseguida preguntaron:

—¿Y qué tal está Stefanie?

Jakob: —¿Stefanie?

A él aquel nombre le pareció muy traído por los pelos en ese contexto.

Judith: —¿Por qué no está aquí?

Jakob: —Se ha quedado en casa, no le van mucho estas fiestas.

Por lo menos en casa no estaba sola, seguro que Felix (4) y Natascha (2) se encargaban de entretenerla. Judith insistió en ver fotos de los niños, las que todo papá más o menos declarado lleva en la cartera. Jakob se resistió un poco, pero finalmente le enseñó las fotos. Después se sintió lo bastante relajado para volver a casa.

Judith se disponía a sumarse a un grupo de intervención en crisis, fundado en el bar, para luchar contra el calentamiento global, cuando alguien le tocó el hombro por detrás, con un desagradable golpecito corto y preciso. Ella se dio la vuelta y se asustó. Era una cara que no encajaba en aquel sitio.

—Qué sorpresa —dijo el hombre de los plátanos.

Judith: —Ya.

Él: —Me he dicho: ¿será ella o no?

Judith: —Ya.

Eso quería decir que era ella. Y por eso se sintió pillada, con angustia e intensas palpitaciones. Ahora no había más remedio, tenía que hablar.

—¿Qué hace USTED aquí? Quiero decir, ¿qué lo trae por aquí? ¿Conoce a Gerd? ¿También está en la fiesta de cumpleaños? ¿Viene a menudo por aquí? ¿Es cliente habitual? ¿Toca el piano? ¿Es el nuevo pianista?

Algunas de estas preguntas las formuló, otras sólo las pensó. Por ejemplo: ¿Me ha visto entrar aquí? Y: ¿Sólo quería decirme buenas tardes?

No, él había venido con dos compañeras de trabajo, explicó. Estaban sentadas a unos metros, en una mesa redonda, iluminada por la luz amarilla de una enorme pantalla de los ochenta, demasiado baja. Él las señaló, ellas les hicieron señas con la mano, Judith las saludó con la cabeza. Ambas tenían el inconfundible aspecto de las compañeras de trabajo, imposible tener más aspecto de compañeras de trabajo que ellas. Probablemente fuera la reunión mensual de un despacho de asesoría fiscal, amenizada por la música ligera de un piano-bar.

El hombre de los plátanos se llamaba Hannes Berghofer, o Burghofer, o Burgtaler, o Bergmeier. Tenía la palma de la mano derecha grande y caliente, y una mirada tan penetrante que hasta los riñones de Judith la percibieron. Ella volvió a experimentar en las mejillas un calor que venía de dentro hacia fuera. Luego él dijo:

—Me alegro de verla tan a menudo. Parece como si de momento viviéramos al mismo ritmo —y luego preguntó—: ¿Quiere sentarse un rato con nosotros?

Judith lo sentía pero pasaba. Es que ahora mismo estaba a punto de cambiar de bar, porque al lado, en el Iris, estaba celebrándose la verdadera fiesta de cumpleaños de su amigo, bueno, de un conocido suyo, Gerd.

—Pero en otra ocasión, con mucho gusto —dijo ella, sea lo que fuese que tuviera en mente.

Hacía mucho tiempo que no era tan agresiva.

—Pues algún día podría invitarla a tomar un café —dijo entonces Berghofer, o Burghofer, o Burgtaler, o Bergmeier.

—Sí, por qué no —contestó Judith, pues ya no le importaba.

El calor había alcanzado la capa más superficial de sus mejillas. Ahora sí que debía marcharse.

Él: —Bueno, bueno.

Ella: —Ya.

Él: —Pues nada.

Ella: —Ya.

Él: —Y por lo que respecta al café, me paso en cualquier momento por su tienda, si le parece bien.

Ella: —Sí, hágalo.

Él: —Será un placer.

Ella: —Ya.

6.

«En cualquier momento» fue a la mañana siguiente. Bianca gritó:

—¡Jefaaa, tiene visita!

Judith supo en el acto lo que eso significaba. Hannes de apellido con «Berg» o «Burg» se encontraba debajo de una de sus piezas más valiosas, la monstruosa araña ovalada de Barcelona, la que desde hacía quince años todos admiraban y nadie compraba.

—Espero no molestarla —dijo él.

Llevaba una chaqueta azul de punto, con botones marrones, y tenía el aspecto de alguien que cada noche se sienta frente a la chimenea, bebe té Earl Grey y con los dedos de los pies masajea el denso pelaje de un San Bernardo macho con exceso de peso, mientras los niños corretean a su alrededor y se limpian los dedos sucios de plátano en el sofá.

Judith: —No, usted no molesta.

Le disgustaba estar tan nerviosa, no había ningún motivo lógico para ello, de verdad que no. Aquel hombre le resultaba simpático, pero en apariencia nada interesante, y ella no solía pensar en lo que estaba en el fondo cuando de hombres se trataba. No era en absoluto su tipo, aunque debía admitir que de todos modos ya no necesitaba conocer hombres de ningún tipo, pues si conoces uno, los conoces todos.

No sabía exactamente en qué residía el atractivo del señor Hannes de apellido con «Berg» o «Burg», tal vez fuera sólo la dinámica con que sabía orientar el azar hacia ella, la manera inesperada en que aparecía, siempre mucho antes de lo que cabía esperar, y la perseverancia con que se acercaba a ella, como si para él no hubiese nada ni nadie más en el mundo, sólo ella.

Pero, por favor, que no le viniera ahora con lo de ir a tomar un café, de verdad que sería demasiado pronto, ella pensaría que era un pesado y tendría que rechazarlo de inmediato, con toda claridad. No le apetecía ser el primer refugio para un padre de familia tal vez un poco necesitado sexualmente, cuya mujer entretanto está en casa haciendo chalecos azules de punto y cosiéndoles botones marrones.

Él: —No quiero ser pesado, de verdad.

Ella: —Pero no, si no lo es.

Él: —Es que desde anoche no se me quita de la cabeza.

Ella: —¿Qué cosa?

Él: —Usted, para ser sincero.

Por lo menos es sincero, pensó ella.

Él: —Me gustaría muchísimo invitarla a tomar un café y charlar un poco con usted, nada más. ¿Tiene algún plan para hoy después de cerrar la tienda?

—¿Después de cerrar la tienda? —preguntó Judith, como si se tratara del momento más absurdo que hubiera oído en su vida.

Ella: —Sí, lo siento, ya tengo planes.

Pero él la miró tan triste, dejó caer los hombros tan abatido, suspiró tan hondo, parecía tan dolido... como un niño pequeño al que le han quitado la pelota.

Ella: —Aunque quizás podría dejarlo para un poco más tarde. Un café rápido, después de cerrar... de alguna manera me haré tiempo —para mayor seguridad volvió a mirar el reloj—. Pues sí, yo creo que se podrá arreglar.

—Qué bien, qué bien —replicó él.

Sí, había que admitir que era un placer verlo desplegar aquella sonrisa, es más, ser la productora de todas

esas arruguillas que, reflejadas por la luz de su araña predilecta de Cataluña, se posaron alrededor de sus ojos
como rayos de sol.

7.

Se encontraron en el Rainer, el café donde almorzaba Judith, en la Märzstraße. Ella se presentó diez minutos antes de la hora acordada. Quería llegar primero sin falta, para escoger una mesa donde sentarse en sillas frente a frente y no tener que apretujarse en un rincón. Pero él ya estaba allí, en una silla incómoda, frente a un invitador banco rinconero, que de manera sutil le estaba destinado sólo a ella.

Estaba previsto que la cita durara una hora, tiempo que resultó demasiado escaso. Después se pasó a la prórroga, a la que siguieron unos minutos adicionales. Luego, Judith puso un fin táctico al encuentro. Su comentario final fue:

—Ha sido un auténtico placer charlar contigo, Hannes. Me gustaría que repitiéramos.

Quería grabarse el modo en que él la había mirado entonces, para poder evocarlo la próxima vez que no se gustara demasiado a sí misma. Y necesitaría tiempo para asimilar lo que él le había dicho en aquellos noventa minutos, en especial, lo que había dicho sobre ella. En todo caso esperaba con impaciencia el después, cuando estuviera sola en casa, sin que nadie la estorbara, consigo misma y con sus ideas acerca de un agradable redescubrimiento, un hombre que la había puesto en un pedestal ricamente decorado, visto con los mejores ojos. Hacía mucho que no estaba tan alto. Quería quedarse al menos unas horas en aquel sitio, hasta que la vida cotidiana la hiciera bajar a la realidad.

8.

En la bañera, recapituló: él reformaba farmacias y, cuando no era posible reformarlas, las reconstruía, por lo menos hacía los planos. Era arquitecto. Tenía cuarenta y dos años. Nunca había ido al dentista, la dentadura perfecta le venía de su abuela, bueno, la dentadura no, la predisposición para ella.

Como queda dicho, tenía cuarenta y dos años, y estaba soltero, no de nuevo, sino todavía, esto es: nunca se había casado y por eso tampoco se había separado. No estaba obligado a mantener a nadie, lo cual quería decir que no tenía hijos, ni niños pequeños ni bebés, de ningún matrimonio anterior. «Y entonces ¿para quién era ese montón de plátanos? ¿Te los comes todos tú?», le había preguntado ella. Él se había estremecido por un instante. (¿Lo habría ofendido, habría sido demasiado indiscreta, tendría una manía por los plátanos?) Pero luego había hecho centellear la dentadura de la abuela y había dejado las cosas claras: los plátanos eran para su vecina inválida, viuda con tres hijos. Él le hacía la compra una vez a la semana. Había dicho que lo hacía gratis, sin obtener nada a cambio, sin más, porque a él también le gustaba tener vecinos que lo ayudaran cuando se encontraba mal.

Como queda dicho, tenía cuarenta y dos años, y definitivamente se llamaba Hannes Bergtaler.

—Bergtaler —dijo Judith, soplando en la espuma de baño.

¿Qué pensar de un reformador de farmacias soltero, en la tercera mejor edad, que lleva sus altibajos ya en el nombre?* ¿No era en realidad indicio de una personalidad equilibrada? ¿Sería por eso que a primera vista parecía un poco aburrido? ¿Era aburrido, pues? ¿Se había aburrido con él? Ni un instante, pensó. Lo cual hablaba bien de la calidad de los instantes que acababa de pasar con él, y, sin ninguna duda, también de él, de Hannes Bergtaler, el reformador de farmacias soltero que llevaba en la boca la magnífica dentadura de su abuela.

Bueno, y ahora por orden: cuando él le pisó el talón y vio su cara, por lo visto hubo dos punzadas, una la sintió ella en el talón, la otra parece ser que le llegó a él hasta la médula. «Te vi, Judith, y me quedé de piedra», había dicho. Es verdad que «de piedra» no era precisamente la metáfora favorita de Judith, pues las piedras siempre tienen algo de frío y antierótico, pero tal como él lo había dicho mientras la miraba pestañeando, con todas esas arruguillas que parecían rayos de sol, bajo una bombilla opaca de sesenta vatios, en el café Rainer, no dejaba de ser bonito, sí, muy bonito.

«Y luego, simplemente, ya no he podido olvidarte», recordó que había dicho. «Simplemente, ya no he podido olvidarte» era... pues claro, un cumplido, un agradable cumplido. Judith echó un poco más de agua caliente en la bañera, porque el cumplido era francamente agradable.

¿Y qué era lo que de pronto la había hecho tan inolvidable para él? «Esa imagen, cuando te volviste hacia mí, esa película de tres segundos, el movimiento de los hombros, tus cejas levantadas, toda la expresión de tu cara», había dicho, «perdona que use una palabra tan banal, pero me pareciste sencillamente despampanante». Desde luego que era una palabra manida, pero había oído descripciones bastante peores que «despampanante» de sí

---

* El apellido Bergtaler está compuesto por las palabras *Berg* («montaña») y *Tal* («valle»). *(N. de la T.)*

misma, pensó Judith. Tal vez debería dejarse pisar el talón más a menudo.

Y después él había vivido con ella una película tras otra. Director: el puro azar. Productor: un destino superior. Ella, la mujer en la que él no había dejado de pensar ni un instante, de pronto estaba delante de sus ojos abriendo la tienda de lámparas cercana, frente a cuyo escaparate él tantas veces se había detenido. Ella, la mujer a la que acababa de elogiar ante sus compañeras de trabajo, de repente estaba en la barra del mismo bar, librándose de uno de sus admiradores, sin duda numerosos. Él no podía dejar pasar la oportunidad de acercarse y trabar conversación. (Sí, ella lo comprendía.) Por otra parte, tenía mucho miedo de parecer pesado. (Pues hacía bien en tenerlo.) Aunque no tenía la sensación de que ella lo hubiera rechazado de plano. (De plano no, en eso tenía razón.)

Judith salió de la bañera. El acaloramiento se le había quitado. Ya podía volver a pensar más en frío. Ese Hannes Bergtaler estaba locamente enamorado de ella. Son cosas que pasan. Y que pueden pasarse pronto. Llegado el caso, podrían volver a quedar en el café. Él le caía bien. Le gustaba la punta de su nariz. Parecía sincero, asombrosamente sincero. Decía cosas de lo más agradables. Expresaba sin vueltas lo que sentía. Eso la hacía sentir bien, pues sí, bastante bien.

Y cuando se volvió hacia el espejo imaginando que alguien acababa de pisarle el talón, Judith le lanzó una mirada fulminante como si el espejo fuera el culpable y de golpe vio, en efecto, aun con el pelo mojado y una capa de crema de tres centímetros en la cara, a una mujer despampanante. Y el mérito era de Hannes.

Fase dos

1.

Por primera vez en tres años, en la pequeña azotea de Judith el arbolito de hibisco volvió a llenarse de flores de un rojo intenso. Fueron buenas semanas. Algo estaba naciendo. Nacía de nuevo cada día y arrastraba consigo todo lo que acababa de nacer. Judith intentaba limitar lo más posible el número de encuentros con Hannes, es decir, no cinco veces al día como él habría querido, sino sólo una o dos. Tenía miedo de que para él se perdiera el encanto, de que pronto se hartara de verla, de ver sus giros y las expresiones de su cara, tenía miedo de que él ya no supiera qué flores regalarle, qué mensajes enviarle en forma de misivas o correos electrónicos, qué piropos decirle y con qué palabras desearle «buenos días» o «buenas noches» por sms.

Judith se hallaba en una situación nueva. Esta vez no era ella la que esperaba de un hombre más de lo que en un principio él parecía dispuesto a darle o capaz de darle. No, esta vez había un hombre que por lo visto estaba impaciente por colmar sus expectativas. Esta vez ella reducía lo más posible sus expectativas para que durara mucho la capacidad que él tenía de colmarlas. Con un poco de suerte, podría pasar el verano así colmada. Colmada de Hannes Bergtaler: un metro noventa, ochenta y cinco kilos, fornido, torpe, cuarenta y dos años, soltero, con ojos llenos de plieguecillos solares, dotado de la magnífica dentadura de su abuela.

Muchas cosas le llamaban la atención de él, ninguna le molestaba. Ni sus chistes, que solían empezar por el final y seguir con el resto. Ni su concepto de la moda de primavera, al que llevaba cierto tiempo habituarse. Ni sus camisetas lavadas hasta la saciedad, que no podían considerarse prendas de calle por mucho empeño que se pusiera. Ni siquiera su expresión favorita, la que repetía a cada rato: «de piedra». Hasta el momento, Judith había evitado preguntarle si por casualidad no seguía viviendo (como un convidado de piedra) con su madre.

Era un tipo distinto a todos los anteriores, no era su tipo, ni el de ninguna de las mujeres que ella conocía. Era tímido y atrevido a la vez, vergonzoso y desvergonzado, se controlaba y se dejaba llevar, era dueño de una torpe determinación. Y sabía lo que quería: quería estar cerca de ella. Es un anhelo más que encomiable, pensó Judith. Se propuso andarse con cuidado y no precipitarse. No quería darle falsas esperanzas. Darle esperanzas sí, pero no falsas. A su debido tiempo, el futuro le sugeriría al presente cuáles eran las legítimas.

De momento, las noches y los fines de semana aún transcurrían sin él, al menos desde el punto de vista físico. Por paradójico que parezca, Judith consideraba los momentos sin él como los momentos más bonitos e intensos con él. Fuera cual fuese la actividad habitual que realizaba, todo pasaba a un segundo plano, todo ocurría como si estuviera bajo los efectos de drogas de la felicidad. Sí, por primera vez, aunque probablemente sólo por poco tiempo, era una mujer soltera sin preocupaciones, completamente feliz. Podía hacer lo que le apetecía: pensar en Hannes Bergtaler. Era maravilloso ver crecer su nostalgia de él. Es posible que tan sólo creciera su nostalgia de la nostalgia que él sentía de ella, pero no dejaba de ser nostalgia, y por fin Judith volvía a sentirla.

2.

El segundo sábado de mayo, Ilse y Roland la invitaron a cenar para devolverle la invitación de Semana Santa. De nuevo estaban Gerd y la pareja que perseveraba en hacer manitas, Lara y Valentin. Hacía bastante calor para sentarse en la terraza. Los baratos y poco originales faroles de jardín no molestaban, cuatro velas gruesas alrededor de la mesa conferían calidez y color a la luz eléctrica.

Sobre las ocho, cuando Roland trajo un aperitivo cubierto de gambas, relleno con aguacate y decorado con cilantro, Mimi (4) y Billi (3), tras haber acaparado y alterado uno por uno a todos los invitados, ya estaban cansados y refunfuñones. A las diez, cuando para terminar Ilse sirvió una «tarta de queso facilísima», receta de Jamie Oliver, los niños por fin se habían quedado dormidos lloriqueando y pudo entablarse algo similar a una conversación de adultos.

—Hay novedades —dijo Judith recurriendo a su tercera copa de Cabernet Sauvignon.

—¿Cómo se llama? —preguntó Gerd, que había estado observándola.

Ella no había ocultado que ocultaba un bonito secreto.

—Se llama Hannes y os gustará —respondió Judith, por desgracia con excesivo énfasis, cosa que habría de pagar de inmediato.

—¿Por qué no está aquí? —preguntó Ilse, casi perpleja.

Roland también parecía molesto. De repente se fue generando un ambiente cargado de fingida indignación, que dio lugar a una absurda idea de Gerd: que Judith enmendara su error y llamase a ese tal Hannes, que les gustaría a todos, para hacerle una invitación espontánea. Tenían mucha curiosidad por conocerlo.

Judith se opuso con todas sus fuerzas. Quería disfrutar un poco más de él a voluntad, con libre disposición en su imaginación, y no tenerlo sentado a su lado, ya inamovible. Además, era casi impensable que un sábado por la noche él estuviera dispuesto a dejarse atraer a la periferia oeste de Viena por anfitriones desconocidos.

Pero finalmente cedió a la presión de sus amigos y, a modo de gesto más que de invitación, le envió a Hannes un sms, diciendo que se uniera al grupo, que lo estaban pasando muy bien, que lo invitaban de todo corazón, que la dirección era tal y cual. Lo hizo en la certeza de que él no le contestaría, que estaría yendo a alguna parte u ocupado, que probablemente ni siquiera vería el mensaje, al menos no a tiempo para venir, aun cuando no tuviera nada mejor que hacer, cosa que ella daba por descartada. En menos de un minuto llegó al móvil de Judith el siguiente mensaje: «¡¡¡Muchas gracias por la invitación!!! ¡Estoy en veinte minutos! Hannes».

3.

A Judith le habría gustado recordar mejor las siguientes horas. Pero necesitó otras dos barrigudas copas de vino tinto para soportar la espera, para ahogar su gran nerviosismo, inexplicable para ella misma. Así pues, su capacidad de resistencia alcanzó justo para la escena sumamente extravagante del saludo.

La conversación cesó. De repente, lo tenían ahí delante, con pantalón de pana marrón, camisa blanca, abrochada hasta el cuello, y chaleco celeste, cuando menos tan eufórico como el mejor actor principal, recién premiado en la entrega de los Oscar. Su amplia sonrisa empalideció sin dificultad las luces del jardín cuando anunció:

—Soy Hannes.

Judith sintió deseos de esconderse. Él se inclinó sobre la mesa, les estrechó la mano a todos con firmeza, acercándose mucho a sus caras, mirándolos fijamente a los ojos y repitiendo sus nombres, con tanto cuidado como si se dispusiera a escribir un estudio sobre cada uno de ellos.

Todavía nada parecía indicar que para él Judith estuviera presente, y mucho menos para ella misma. De una bolsa de yute sacó dos cajas amarillas: tal vez bombones de plátano.

—Para los niños —dijo.

¿Cómo sabía que los anfitriones tenían dos hijos? ¿Acaso Judith le había hablado alguna vez de Ilse y Roland? ¿Habría mencionado a Mimi y Billi? ¿Era posible que él lo hubiera recordado?

Por arte de magia, hizo aparecer del bolsillo un frasquito de aceite de oliva y se lo entregó a Ilse, comentando de pasada:

—En mi opinión, el mejor de toda Umbría, frutado intenso, espero que os guste.

Por último, le dio a Roland una botella con un líquido dorado, quizá whisky. Y añadió en tono solemne, como si fuera a recitar un poema para el día de la madre:

—Muchísimas gracias de nuevo por la amable invitación.

Se diría que la última vez que lo habían invitado a casa de alguien había sido hacía veinte años y que como mínimo se había preparado tres semanas para reincorporarse a la vida social.

Sólo entonces se volvió de forma ostensible hacia Judith, la sacó de su escondite en la sombra, la tomó con las dos manos. Ella sintió una ligera presión hacia arriba, que la hizo ponerse de pie. Entonces lo tuvo enfrente, a la distancia de un brazo, con las manos sobre sus hombros. Le sacaba casi dos cabezas y la contemplaba con tanta emoción como si ella fuese el primer amanecer del mundo en el mar que pudiera tocarse. Y tras una pausa casi insoportable, durante la cual a Judith se le aflojaron las rodillas de manera alarmante y el alcohol se le empezó a centrifugar en la cabeza, él dijo en un tono bien audible para todos:

—Judith, me alegro de poder verte hoy mismo. ¡Ni te imaginas cuánto!

En ese punto se acababan no sólo todas las nociones de Judith respecto de aquella velada, sino la película entera. A partir de entonces pasaron los créditos hasta la madrugada. Tan sólo tuvo unos pocos momentos de lucidez, que aprovechó para llevarse a los labios la copa de vino. A su alrededor, los rostros fueron desdibujándose y desapareciendo uno a uno. Hannes era el único que reaparecía siempre. Unas veces muy lejos, luego muy cerca de ella de nuevo. Unas veces podía oler su aliento, luego veía brillar en la distancia la dentadura de la abuela. Allí donde resonaba su voz grave, había movimiento, murmullo y risas.

En algún momento se despertó, porque de pronto dejó de percibir ruidos, y Hannes era la pared en la que estaba apoyada. ¿Que si se sentía mal? ¿Cómo saberlo? Estaba demasiado inconsciente para evaluarlo. En algún momento se abrió una ventanilla y un agradable viento fresco le sopló en la cara. Y en algún momento el taxi en el que la habían metido se detuvo frente a su portal. Hannes se bajó con ella, la sostuvo. Era agradable oír su voz. Judith sintió olor a escalera. En el ascensor él pulsó la «A», que llevaba al ático. Ella le dio el bolso, la llave tintineó. Sintió las piernas de su pantalón de pana junto a las suyas, y su mejilla rozó su suave chaleco. La llave giró y la puerta se abrió sin inconveniente, antes de cerrarse tras ella. Todo estaba oscuro y silencioso. Y la cama vino a su encuentro a mitad de camino.

4.

El domingo empezó sobre las once de la mañana. Judith notó que estaba medio desnuda, se levantó tambaleándose de la cama y buscó el móvil, que sonaba con su fastidioso zumbido. El violador de los derechos humanos se llamaba Gerd.

—¿Qué tal estás? —preguntó él.

Judith: —Ni idea.

Él: —¿Llegaste bien a casa?

Ella: —Probablemente.

Él: —¿No estás sola?

Ella: —Sí, creo que sí.

Él: —¿Quieres que llame más tarde?

Ella: —No.

Con lo que quiso decir: ni ahora ni más tarde.

Él: —¿Qué te pasó ayer?

Ella: —¿Cómo?

Él: —Estabas como una cuba.

Ella: —¿Yo?

Él: —En todo caso tenías unas copas de más.

Ella: —Lo siento, no fue con mala fe.

Él: —¿Tan enamorada estás?

Ella: —¿Enamorada? No lo sé.

Él: —¿Quieres que te diga qué me parece Hannes, en la primera impresión?

Ella: —Sí, por mí...

Él: —¿De verdad quieres saberlo?

Ella: —No, mejor no.

Él: —¡Hannes es geniaaal!

Ella: —¿De verdad?

Él: —Sí, estamos todos encantadísimos con él, y sin reservas. Es abierto, simpático, afectuoso, atento. Tiene cosas que decir. Es divertido.

Ella: —¿De verdad?

Él: —Judith, Judith... esta vez has hecho diana.

Ella: —¿De verdad?

Él: —Es que tú no te enteraste de la mitad, pero ¿sabes lo amable que fue contigo?

Ella: —No, pero siempre es así.

Él: —Te idolatra.

Ella: —¿Sí?

Él: —Te digo que es lo mejor que te podía pasar.

Ella: —¿Tú crees?

Él: —Si yo fuera mujer, querría tener un hombre exactamente así como pareja.

Ella: —¿Sí?

Él: —¿Te acompañó a casa?

En ese punto se hizo una pequeña pausa.

Él: — Judith, ¿sigues ahí?

Ella: —Gerd, creo que mejor vuelvo a acostarme.

Ella encontró la tecla con el diminuto teléfono rojo, abandonó el móvil a su suerte, fue al baño, se echó encima el albornoz negro, miró en el retrete, luego en la cocina, en el salón, en el dormitorio... nada. Abrió el armario, echó un vistazo debajo de la cama y palpó el colchón, examinó los pliegues de la sábana antes de quitarse el albornoz, esconderse bajo la manta y respirar hondo. Estaba claro que Hannes no estaba allí. Ni tampoco había estado nunca, ella lo habría olido, lo habría notado, lo habría visto, por muy borracha que estuviera. Ahora podía dormir. Ahora quería soñar con él.

5.

El sueño de Hannes quedó en nada, pero a las tres de la tarde Judith estaba espabilada y hambrienta, y pidió una cuatro estaciones a domicilio. El repartidor le entregó también un gigantesco ramo de flores.

—Por desgracia no es mío, estaba en el felpudo —dijo.

Eran veinticinco rosas rojo oscuro. En el papel había una nota pegada. Judith la abrió y leyó: «Para la mujer más maravillosa que jamás he llevado hasta la puerta de su casa sin que ella lo note. Con cariño, Hannes».

Ahora fue Judith la que se quedó como quien dice de piedra, decidió recuperar la noche perdida, fue llamando a uno tras otro y obtuvo las siguientes opiniones e impresiones sobre Hannes Bergtaler. Ilse: Un hombre atractivo. Parece muy natural. Cabeza grande. Sonrisa de anuncio. El favorito de todas las suegras. En moda, más bien conservador. El pelo cepillo no es lo que más le favorece. Fiel a sus principios. Un poco maniático, pero no inhibido. Sabe mirar profundamente a los ojos a una mujer. Sabe escuchar. Le gustan los niños. Se interesó con todo detalle por Mimi y Billi. Hasta les trajo algo. Es de lo más tierno. Un osito de peluche. Y lo principal:

—Está locamente enamorado de ti.

Judith: —¿De verdad?

¡Ah, cómo le gustaba oír eso!

—Sí, en serio, no hacía otra cosa que ponerte por las nubes.

Roland: Un auténtico hombre carismático. Digno de toda confianza. No hay malicia en él. Abierto y cordial con todos. Muy elocuente. Gran capacidad de persuasión. Contó muchas cosas interesantes sobre arquitectura. Y...

—No te quitaba los ojos de encima.

Judith: —¿De verdad?

Roland: —Está loco por ti.

Judith: —¿Loco?

Roland: —Totalmente.

Valentin: Un sentimental. En verdad un hombre atípico. No muy desenvuelto. Nada fanfarrón. Más bien blando.

Judith: —¿Blando?

Valentin: —No, en realidad, blando no. Sabe muy bien lo que quiere.

Judith: —¿Sí?

Valentin: —Le gustas tú.

Judith: —Sí, lo sé.

Valentin: —Y cómo.

Lara: —Me miraba siempre de aquella manera.

Judith: —¿Cómo?

Lara: —Tan amable, tan confiado, como un hermano mayor, como si nos conociéramos de toda la vida. Y a Valentin le dijo que le parecía bonito que dos personas estuvieran tan unidas y lo demostraran. Y que estaba muy contento de habernos conocido. Y que si tú siempre bebías tanto. Y que un día quería invitarnos a su casa. Y que eras la mujer de sus sueños.

Judith: —¿La mujer de sus sueños?

Lara: —Sí, eso fue lo que dijo, textualmente. ¿Y cómo besa?

Judith: —¿Perdón?

Lara: —¿Besa bien?

Judith: —¡Ah, besar! Pues claro. Bien. Muy bien. Probablemente muy bien.

6.

El viernes siguiente de una semana de trabajo que
había constado de ocho encuentros breves con Hannes
(tres tazas de café, dos de té, dos copas de vino Prosecco,
un vaso de Campari con naranja, miles de piropos) fue el
día más caluroso del año hasta la fecha, con veintiocho
grados. Haciendo un gran esfuerzo mental, Judith había
logrado que llegaran las seis de la tarde. Se dio una ducha
fría y por primera vez desde Carlo, es decir, desde hacía poco menos de seis meses, pensó qué ropa interior
ponerse. Sin embargo, se pilló a sí misma pensándolo y
se odió por eso. No, en realidad odió a Carlo por las muchas noches perdidas, de sí misma se avergonzó por sus
ocasionales recaídas en la sumisión. En cualquier caso,
todos los modelos hechos para los ojos de Carlo quedaron descartados, y el elegido fue uno de los conjuntos
Wellness blancos, que Judith siempre escogía para su ginecólogo, el doctor Blechmüller.

Como siempre, se maquilló discretamente sus
ojos castaños, a causa de los cuales solían confundirla
con un cervatillo. Sus labios recibieron una fina capa de
bálsamo de miel de lavanda con brillo rojizo. Se revol-
vió con el secador el pelo rubio natural (bien mirado,
¿por qué «rubio natural»?, ¿acaso la naturaleza es rubia?), hasta que por fin el peinado pareció definitivamente revuelto. «Desenfadado», lo llaman en las revistas
especializadas de peluquería. Los vaqueros y la camiseta
llevaban dos días preparados para la ocasión. Con su
elegante chaqueta negra nueva y los chulos botines con
cordones quería enseñarle a Hannes lo que puede llegar

a ser la moda cuando no se la deja a merced del azar o de las liquidaciones.

—Despampanante —le susurró al espejo hasta empañarlo.

Seguro que Hannes se quedaría de piedra.

Había quedado con él para cenar: era como quien dice su primera noche de a dos. En la Schwarzspanierstraße habían abierto un nuevo restaurante vietnamita. A lo mejor expresamente para ellos dos. Hannes había hecho la reserva para las ocho. Judith llegó trece minutos contados tarde, sin duda los más largos del día. La hicieron pasar al patio ajardinado. Hannes se levantó de la mesa de un salto y se puso a agitar frenéticamente los brazos cuando la vio. Los demás clientes se volvieron hacia ella para ver qué había que hacer para exasperar de tal manera a un hombre en un refugio de calma asiática meditativa.

Esta vez Judith no estaba nada nerviosa. Habló de su infancia en la tienda de lámparas, de sus vacaciones en autostop con su hermano Ali en Camboya y de sus traumáticas experiencias con curanderos vudú de la macumba brasileña. Entretanto, con la misma velocidad y resolución con que hablaba comió un menú de tres platos, bebió cola y té verde y se dejó comer con los ojos por Hannes, que hurgaba en un arroz seco sin apetito y no le quitaba la vista de encima.

Además de los ya clásicos cumplidos, que no dejaban de lado casi ninguno de los rasgos de su cara, las partes de su cuerpo y sus valores internos, a Judith le halagaba la cálida lluvia de miradas de Hannes, que caía sobre sus labios en cuanto ella los abría para decir algo, por intrascendente que fuese. Por ella podrían haber seguido así horas y horas.

Pero de golpe, con un movimiento brusco e inesperado, él le cogió la mano, la atrajo hasta el centro de la mesa y la encerró entre sus dedos gigantes, produciéndole una sensación extraña. De repente, su mirada se volvió seria y ardiente como nunca. Y en un tono totalmente diferente y mucho más grave del que emplean los recién enamorados en la primera cita para contarse las pequeñas e inofensivas historias de sus vidas, dijo:

—Judith, eres la mujer que siempre he esperado. Quiero darte todo mi amor.

Como no era una pregunta, Judith no supo qué contestar. De modo que se limitó a señalar:

—Eres muy amable conmigo, Hannes. No acabo de comprenderlo.

A ella le habría gustado volver a poner su mano junto a la taza de té. Pero Hannes aún no había terminado. En particular el anular de Judith se sentía aprisionado, notó que algo se deslizaba lentamente por él, pero no disponía de ninguna libertad de movimiento para sacudírselo a tiempo. Luego, Hannes le soltó la mano, y ella pudo contemplar con asombro el cambio operado en su dedo. No lo hizo con mucha naturalidad, había visto esa clase de escenas en demasiadas películas. Y se atuvo a las palabras de rigor para la ocasión.

—¿Estás loco, Hannes? ¿Cómo se te ocurre? Faltan cinco meses para mi cumpleaños —tampoco omitió—: No puedo aceptarlo.

—Considéralo un pequeño recuerdo de nuestra primera época —dijo Hannes. Ella asintió con la cabeza—. ¿Te gusta?

—Sí, claro, es precioso —replicó Judith.

Aquélla fue la primera mentira que le dijo a Hannes en su radiante cara.

7.

Para soportar el anillo, ella propuso ir a otro sitio, al Triangel, un bar detrás del Votivpark. (Allí había estado un par de veces con Carlo. Hannes tenía todas las posibilidades de hacerlo mejor.) La escasa luz de los focos amarillos y rojos del techo refractaba en las paredes de vidrio opalino y delineaba suavemente los rostros de los clientes en la penumbra. Las personas se transformaban allí en figuras idealizadas sin contorno, que apenas se distinguían unas de otras. Cuando Carlo le insistía en el Triangel en que se acercara un pasito más (pasitos que llevaban directamente a la cama), ella por lo general cedía y aceptaba.

Hannes no era el tipo de hombres que pueden sacar provecho del aura de un bar creado con fines de seducción. Eso era algo que ella valoraba muchísimo, hasta lo encontraba atractivo. De todos modos, él había logrado pasarle el brazo por el hombro y la sujetaba como un gran protector. Así estaban en la barra, como una pareja folclórica perdida, contándose detalles intrascendentes de su vida.

Al fin, Judith necesitó dos bebidas un poco más fuertes para plantearle de una buena vez la pregunta:

—¿Y qué tal un beso?

Al mismo tiempo le clavó la mirada, invitadora, en las pupilas de sus desorbitados ojos, sabiendo que en ese momento debía de estar despampanante. Ella en su lugar, por ejemplo, se habría besado en el acto. Él por lo menos dijo que sí, sin pensárselo dos veces.

—Pero no aquí ni ahora —añadió, para gran sorpresa de Judith.

—Entonces ¿dónde y cuándo? —preguntó ella.

Hannes: —En mi casa.

(Sin indicar la hora.)

Judith: —¿En tu casa?

Ella pasó la yema del pulgar por la superficie cuadrada del anillo nuevo. Detestaba el ámbar. Tal vez su casa entera junto con todos sus muebles fuesen de ámbar.

—No, en la mía —dijo, sorprendida por su propio tono perentorio.

—De acuerdo, luego vamos a tu casa —replicó Hannes con gran rapidez, y sonrió con todas sus arruguillas que parecían rayos de sol, suavizadas y matizadas.

Por lo visto, para él «luego» significa «ahora mismo», pensó Judith mientras Hannes se disponía a pagar.

8.

Ella había descubierto en una tienda de antigüedades de Rotterdam la lámpara de pie que estaba al lado de su sofá ocre. Las tulipas móviles pendían como flores de codeso de un grueso tallo arqueado. La fuente de luz se derramaba y se agotaba en sí misma. La habitación sólo recibía de ella lo imprescindible.

Judith había tardado mucho tiempo en orientar las pantallas en el ángulo óptimo entre ellas. Ahora la lámpara conseguía que hasta los ojos más cansados resplandecieran, los rostros más apagados se iluminaran, las personas más tristes rieran. Si Judith hubiese sido psicoterapeuta, habría hecho sentar allí a sus pacientes en silencio tan sólo unos minutos y luego les habría preguntado qué problemas tenían o si aún recordaban cuáles eran.

Judith era tan sensible a las luces conocidas y sus efectos que era capaz de percibirlos incluso con los ojos cerrados, como ahora, para la solemne ceremonia de su primer beso con Hannes. ¿Cómo había preguntado Lara por teléfono? «¿Besa bien?...» ¿Bien? ¿Besarlo a él? Ella le había tocado los labios con los dedos, él le había puesto la mano en la nuca y le había atraído la cabeza hacia sí con suavidad. Luego, Judith lo sintió en varias partes al mismo tiempo, repartido por todo su cuerpo. Con sus piernas, él le sujetó las suyas en tenaza. Con su hombro derecho le oprimió el torso. Le rozó las caderas con sus codos. Sus brazos le ciñeron la estrecha cintura cuan largos eran y siguieron deslizándose hacia arriba. Sus manos le tomaron el cuello por ambos lados y le inmovilizaron la cabeza. Judith se encontraba completamente trabada cuando los labios de él iniciaron el aterrizaje en su boca como las ruedas de un aeroplano de varias toneladas sobre el asfalto blando. Se balancearon un par de veces, luego se dejaron caer y succionaron con fuerza. Judith abrió los labios y dejó en libertad su lengua, que fue sacudida sin control, de un lado a otro, como en el centrifugado final de un ciclo de lavado completo.

Un puño logró soltarse y le dio un golpecito en la nuca. Él aflojó la presión de inmediato.

—¡Eh, no tan fuerte, que me vas a ahogar! —se quejó ella.

—Perdona, mi amor —le susurró Hannes al oído con un hilo de voz.

Sólo entonces ella abrió los ojos. Su aspecto la tranquilizó. Parecía compungido, como un escolar torpe que otra vez ha vuelto a hacerlo todo mal.

—¿Siempre das besos tan ardientes? —le preguntó ella.

—No, es que..., es que..., es que... —necesitó tres intentos—. Es que te amo tanto que no sé qué hacer —replicó con un deje patético.

Vale, el argumento era aceptable.

—Pero no por eso tienes que devorarme entera —dijo ella con ternura.

Él sonrió abochornado, sus ojos resplandecían bajo la luz del codeso.

Judith: —Tienes que tratarme con delicadeza, soy de porcelana.

Ella le tocó la punta de la nariz con el dedo índice. Él le apoyó las manos suavemente en las mejillas.

Ella: —¿Por qué tiemblas?

Él: —Te deseo mucho.

Ella: —¿Quieres hacer el amor conmigo?

Él: —Sí.

Ella: —Entonces hazlo.

Él: —Sí.

Ella: —Pero con la luz encendida.

Fase tres

1.

Junio empezó cálido y seco. La luz del sol era blanca como si saliera de un tubo cósmico de neón. Hacían falta gafas de sol para seguir distinguiendo los colores. El arbolito de hibisco de la azotea se había desprendido de sus últimas flores rojas. En cambio, el enorme ficus benjamina que había traído Hannes no paraba de sacar brotes. Judith pensaba dejarlo hasta el otoño, lamentablemente después tendría que podarlo.

Estaba sentada en la escalera de piedra, cerró los ojos e intentó desentrañar algún mensaje en las pizarras amarillentas en que el sol había transformado sus párpados cerrados. Era exigente, esperaba comprender de una vez qué había ocurrido con ella en las últimas semanas, por qué estaba ahí sentada, cómo estaba. Y bien, ¿cómo estaba?

¿Quería un hombre? (Ya no en términos absolutos.) ¿Uno «para toda la vida»? (Sólo en términos relativos.) ¿No había pasado ya por todas las categorías? (Unas semanas atrás aún habría dicho que sí.) ¿No estaba bien consigo misma? (Claro que sí, la mayor parte del tiempo. Sólo cuando estaba borracha era dos o tres a la vez.) ¿No lo había controlado todo? (Claro que sí, a veces, más bien los días laborables, y sobre todo las lámparas.)

A ver: hacía poco menos de tres meses había conocido a alguien. Decir «alguien» era minimizar al máximo las cosas. ¡Había conocido a Hannes Bergtaler! Un arquitecto, que ahora mismo se dedicaba a proyectar su futuro juntos. La estructura estaba terminada. Si fuera por él, podían mudarse a vivir juntos al día siguiente.

Aquel hombre tenía una capacidad de amar excepcional, sobredimensionada, impresionante. Amaba y amaba y amaba y amaba. ¿Y a quién amaba? A ella. ¿Cuánto? Muchísimo. «Más que a nada» era sólo una mínima fracción.

¡Cuidado, Judith! Quizá él la estuviera engañando, quizá engañaba a todas las mujeres, quizá cada dos meses amaba a alguien como a ella, quizá se dedicara a amar «más que a nada» de manera profesional... No, Hannes no. Hannes era auténtico. No era un actor. No era un fantasma. Y precisamente ésa era la diferencia con todo lo que a ella le había ocurrido hasta entonces. En su forma de amar había algo definitivo, una loca pretensión de eternidad. Era tan serio en su entrega, tan leal en sus gestos, tan auténtico en sus manifestaciones, tan concentrado en ella... Y a Judith eso le resultaba terriblemente... atractivo. ¿Atractivo? No sabía si «atractivo» era la palabra exacta. Pero le resultaba algo por el estilo. Le resultaba..., le resultaba..., le resultaba...

Estaba sorprendida de sí misma. ¿Alguna vez había querido que la llevaran en palmas? (Sólo su padre.) ¿Quería que alguien la convirtiera en el centro de su universo? (Ni siquiera su padre.) ¿Quería ser la elegida? (No, en realidad siempre había querido elegir por sí misma.) Sí, exacto, ése era el problema. Hannes no le dejaba elección. Elegía él. Siempre le llevaba tres pasos de ventaja. Es decir: ella no llegaba a dar ningún paso concreto. Iba tropezando por detrás de los acontecimientos. Él la llevaba a rastras a sus excursiones de alpinismo emocional.

Había algo que le daba un poco de miedo: en el rumbo que él marcaba, no podrían seguir mucho más. El camino era demasiado empinado para ella. Ya no podía aguantar su ritmo. Se estaba quedando sin aliento. Tenía que frenar. Necesitaba hacer una pausa.

Hacía tres semanas que lo veía todos los días. To-
DOS LOS DÍAS. Cada dos horas venía a verla a la tienda para
tomar un café, y si no había café, pues a buscar una bombilla. Cuando ella tenía clientes, esperaba con santa paciencia a que se desocupase. Ya se sabía al dedillo sus catá-
logos de lámparas y, por supuesto, los nombres de las cien
«discos más guays» de su aprendiza. Por la noche iban a
cenar o al cine, o al teatro, o a un concierto: todo daba igual. Él podría haber visitado montañas de basura,
campos de maniobras y cementerios de coches. La única condición: ir con ella.

Y, claro está, por las noches él dormía en su casa.
Es decir: ella dormía y Hannes la miraba dormir. Judith
nunca había abierto los ojos sin que los de él estuvieran fi-
jos en ella. De niña había esperado en vano que el ángel de
la guarda viniese junto a su almohada a velar todos sus
sueños. Pues bien, a los treinta y pico, la edad en que ya se
han perdido las ilusiones, de repente tenía a su lado a Hannes Bergtaler.

¿Sexo? Pues claro, naturalmente, no tan a menudo
como él quería, pero sí tres veces más que suficiente. Para
ella era... Vale, de acuerdo, estaba muy bien. Pero lo que
tenía de especial era lo bueno que era para él. Él lo disfrutaba muchísimo. Y ella disfrutaba con el placer de él, el placer
que ella le daba.

¿Eso estaba mal? ¿Era una narcisista? ¿Había usado a
Bergtaler para volver a sentirse hermosa y deseable? ¿Lo ha-
bía necesitado para volver a valorarse lo bastante a sí misma?
¿Cómo de poco se habría valorado antes? ¿Cómo de mal
había estado sin notarlo? ¿Cómo de bien estaba ahora?
¿Cómo de bien seguirían las cosas? ¿Y cómo seguirían?

No más respuestas. Las pizarras amarillentas se
oscurecieron bajo sus párpados. Judith abrió los ojos.
¡Ah!, era sólo una nubecilla inofensiva.

2.

El viernes anterior a Pentecostés, Judith visitó por primera vez el piso de Hannes en la Nisslgasse. Él había ido varias horas antes que ella para «arreglar la casa», como él decía (aunque a ella le costaba imaginar que algo en su vida pudiera estar desarreglado, y mucho menos su casa).

En la entrada, él se comportó de un modo extraño, abrió la puerta con titubeos, como si temiera ser invadido por visitas desagradables. Cuando Judith entró, cerró con llave y corrió el cerrojo.

—¿Pasa algo? —preguntó ella.

—Que te quiero —respondió él.

—¿Y qué más? Pareces muy tenso.

—Tú, en mi piso: si eso no me pone tenso, entonces ¿qué?

Al ver la decoración, ella se dio cuenta de lo poco que sabía de él y de lo claro que estaba todo. Cada objeto —algunos de ellos, oscuros muebles antiguos de considerable valor— tenía su sitio y parecía inamovible. Desde el sofá de abuelo se podía disfrutar de una maravillosa vista de una tabla de planchar gigantesca, colocada en el centro de la habitación e iluminada por una lámpara de bajo consumo decorada con unos horribles cubos de vidrio color café con leche. La cocina era pequeña y estaba clínicamente limpia como en un folleto publicitario. La vajilla se escondía en las vitrinas, de puro miedo a ser usada. De todos modos, Judith sólo quiso un vaso de agua.

La única habitación con vida, que parecía habitada, era el despacho. Sólo allí se podía pensar que el inquilino era un arquitecto y no un administrador de herencias jubilado. Había planos por todas partes, en las paredes, en el escritorio y en el suelo de parqué. Olía a lápiz, goma de borrar y trabajo minucioso.

La puerta de la habitación estaba cerrada y no había inconveniente en que siguiera así. De todas maneras, Hannes la entreabrió sólo un poco, como si no hubiese que molestar el sueño milenario de las dos camas individuales, con colchas a cuadros, flanqueadas por mesillas vacías. Del techo colgaba una luna llena blanca. Judith sabía que las lámparas esféricas siempre venden su luz por debajo de su valor.

—Bonito —decía ella con intervalos de treinta segundos—. No es del todo mi estilo, pero es muy bonito —intercaló un par de veces.

Hannes la llevó de la mano durante todo el recorrido, como si estuvieran atravesando una zona inaccesible o incluso un campo minado.

—¿Han entrado y salido muchas mujeres de aquí? —preguntó Judith.

—No lo sé, en todo caso los inquilinos anteriores eran médicos, una pareja de dentistas —contestó Hannes.

Él dominaba el arte de malinterpretar las preguntas imposibles de malinterpretar.

Al final de la visita guiada se quedaron un rato de pie, junto a la tabla de planchar, sin saber cómo seguiría el programa. Enseguida él lanzó la ya inequívoca mirada de Hannes, con sus muchas arruguillas solares, la abrazó y la besó. Dieron unos pasos tambaleándose hacia el sofá. Antes de que se dejaran caer, Judith tomó la palabra soltándose del abrazo.

—Oye, cariño —le susurró a Hannes al oído—, ¿vamos a mi casa?

3.

—¿Y qué hacemos el fin de semana? —preguntó Hannes.

Ya había pasado una hora del sábado. En la habitación de Judith, las luces (de la divertida araña de latón de una diseñadora de Praga) estaban apagadas. Ella aún estaba despierta en su cama, con la cabeza apoyada en el vientre de él, sintiendo el placentero contacto de sus dedos fuertes masajeándole el cuero cabelludo.

Dejó escapar un suspiro hondo y lo más angustiado posible, y dijo:

—Por desgracia tengo que ir al campo, a casa de mi hermano Ali. Una cita obligada. Gran reunión familiar. Hedi cumple años. Va a ser duro, créeme. Ella está al final de su embarazo. Y mi madre irá también, desde luego. Ya sabes, te lo he dicho: Hedi y mi madre no se llevan bien. Va a ser agotador, créeme. Muy agotador.

Y volvió a suspirar con aire trágico.

—Juntos lo lograremos —proclamó desde lo alto Hannes, que se había incorporado en la cama.

Judith: —¡No, ni hablar, Hannes!

Ella se asustó de su propio tono y lo suavizó de inmediato.

—Oye, oye, cariño, debo hacerlo sola. Va a ser terriblemente agotador. No puedo pedirte eso. Tú no conoces a mi familia —añadió, pasándole las uñas por la mano con ternura.

Hannes: —Los conoceré y me caerán bien.

Judith: —Sí, pero no todos juntos, es demasiado de una vez, créeme. Mi hermano puede llegar a ser muy complicado. Y también viene una pareja amiga con dos niños. Será bastante reducido, el espacio quiero decir. Tú no, Hannes, eres muy amable, pero esta vez tendré que hacer de tripas corazón e ir yo sola.

Ahora estaban sentados en la cama, uno al lado del otro, Judith con los brazos cruzados.

Hannes: —No, amor, de eso nada, no voy a dejarte en la estacada. Por supuesto que iré contigo. Ya verás cómo juntos lo arreglaremos.

Para Judith no había nada que arreglar. Encendió la luz, él debió de notar la firmeza en su mirada.

—No puede ser, Hannes. Esta vez no, de verdad. No hay cama para ti. Nos veremos el domingo por la noche y te lo contaré todo. ¿De acuerdo?

Ella le acarició la mejilla. Él guardó silencio y puso una cara que Judith aún no le conocía. Parecía apretar los dientes con los labios fruncidos, pues se le marcaron los pómulos. Alrededor de los ojos estaban las arruguillas, pero sin la risa ya no eran rayos de sol, sino surcos sombríos. Al final se puso de costado y hundió la cabeza en la almohada.

—Buenas noches, amor —murmuró tras una larga pausa—. Consultémoslo con la almohada.

4.

Por la mañana temprano, cuando Judith apenas había dormido, olía a café, sonaba música clásica en la radio, y Hannes, que ya estaba a medio vestir, se inclinó sobre ella, la despertó con un beso y la miró con ojos radiantes.

—Ha llamado tu mamá —dijo.

Judith: —¿Por qué?

Lo que ella quería decir era por qué él lo sabía, por qué había cogido el teléfono, por qué no la había despertado.

Hannes: —Ha llamado tu mamá y ha preguntado cuándo íbamos a recogerla.

Judith: —¿Íbamos?·

Aquello fue un grito. Judith estaba totalmente despierta y furiosa.

Hannes: —Le he dicho que probablemente yo no iría.

Judith: —Ya.

Hannes: —Qué pena, ojalá lo reconsidere, ha dicho ella. Le habría gustado conocerme. Mi hija me ha hablado mucho de usted, ha dicho.

Judith: —¿Y?

(Ella no le había contado casi nada de Hannes a su madre, una vez más su madre confundía a todos los hombres.)

Hannes: —Si no quieres que vaya, no voy, desde luego. No quiero importunar, de verdad que no quiero. Tal vez realmente sea demasiado pronto para conocernos.

Judith: —Sí.

Ella respiró hondo y le acarició el cuello.

Hannes: —Pero me gustaría mucho ir contigo. Tu mamá me cae bien. Es simpática por teléfono. Tiene la misma voz que tú. Me gustaría muchísimo acompañarte. Será un bonito fin de semana, ya verás, amor. Me gusta tu familia. Me gusta todo lo que tiene que ver contigo.

Judith: —Sí, lo sé.

Hannes: —Vamos a pasar un maravilloso fin de semana, te lo prometo. Puedo dormir en el suelo, no me importa, tengo un saco de dormir grueso. Me encanta estar contigo, amor. Te quiero. Me gustaría mucho acompañarte. ¿Puedo ir contigo?

Judith rio. Él la miraba con los ojos de un San Bernardo bien adiestrado que acababa de descubrir en sus pupilas un bistec. Ella le tocó la punta de la nariz con el dedo índice y lo besó en la frente.

—Pero después no digas que no te lo advertí —dijo.

5.

Él se marchó después de desayunar. Tenía que hacer compras. Judith recuperó la noche en vela. Por la tarde, cuando empezó a llover, fueron juntos a recoger a mamá (en el Citroën blanco de ella).

—Subo a su casa un momento, tú quédate en el coche si quieres —dijo Judith.

Él la acompañó. En la mano derecha llevaba un gran paraguas violeta, en la izquierda, un ramo de peonías que le entregó a la madre en la puerta del piso con una reverencia teatral. A ella enseguida le cayó bien, pues iba vestido más o menos a la moda de su juventud. Abrazó a su hija con más efusión que de costumbre. En parte, dándole la enhorabuena por haber encontrado al fin un hombre que encajase con ella (con mamá).

—¿Y a qué se dedica usted? —preguntó mamá durante el viaje.

Hannes: —Soy arquitecto, señora.

Mamá: —¡Ah, arquitecto!

Hannes: —Mi pequeño despacho está especializado en reformas y reconstrucción de farmacias.

Mamá: —¡Ah, farmacias! ¡Estupendo!

—Quizá te construya una para ti, mamá —comentó Judith en tono mordaz.

Al cabo de dos horas y media llegaron a la antigua finca precariamente renovada, en la solitaria región de Mühlviertel, en Alta Austria. Hedi tenía allí una pequeña granja ecológica. Ali trabajaba como fotógrafo paisajista, pero de manera más bien esporádica, sólo cuando el paisaje se lo suplicaba con toda el alma. Para ellos, las cosas materiales no eran muy importantes, hasta podían prescindir de los cepillos para el pelo y los cortabarbas.

—Yo soy Hannes —dijo Bergtaler, con su crónica euforia saludadora, y le tendió la mano a Ali con excesiva efusividad.

El hermano de Judith retrocedió de forma instintiva.

—Hannes es mi novio —aclaró ella, como justificación de sí misma, de él y de la situación.

Ali se quedó mirándolo como si fuera una de las maravillas del mundo.

—Es arquitecto —añadió mamá, posando alternativamente sus ojos en Ali y en Hedi, con las cejas levantadas.

Hannes les entregó a ambos una caja con tres botellas de vino biológico del sur de Burgenland.

—En mi opinión, el mejor de la zona —dijo.

Ali detestaba el vino. A Judith nada le habría gustado más que marcharse enseguida. Probablemente nadie lo habría advertido.

La velada transcurrió en torno a la tosca mesa, bajo una pantalla seudorrústica cubierta de polvo..., a cámara lenta. Judith se dedicó más que nada a jugar con la cera de las velas del candelero plateado que tenía delante. Formaba bonitas bolas con la cera que se derretía y volvía a solidificarse, las apretaba con el pulgar sobre la mesa, despegaba las plaquitas con el cuchillo y volvía a formar bolas con ellas.

Casi sin interrupción, Hannes mantenía una mano sobre la rodilla de ella, cada vez más caliente. La otra la empleaba para hacer gestos de apoyo, mientras disertaba ante la familia sobre arquitectura, el amor (a Judith) y el mundo. Él era, con mucho, la persona más locuaz y activa de aquella tertulia.

Sólo hubo alguna que otra riña aislada. Hedi pretendía tener un parto en casa con una comadrona checa, mamá abogaba enérgicamente por el Hospital General de Viena, que estaba un poco mejor equipado, sobre todo en lo que respecta a la higiene, dijo mientras fulminaba a Hedi con la mirada. Hannes puso término a la discusión desenvolviendo un regalo de cumpleaños para la embarazada, que él mismo, exento de los donativos familiares de rigor, había comprado al parecer por la mañana: dos peleles de bebé, uno rosa y otro celeste.

—Porque no sabíamos si era niña o niño —explicó, y le guiñó un ojo a Judith.

Mamá rio. Ali no dijo nada.

—Será niña —le dijo Hedi a Hannes. Y añadió—: El celeste lo guardaremos para vosotros.

La risa de mamá dio paso a la emoción. Ali no dijo nada. Hannes resplandecía de felicidad. Judith le quitó la mano de la rodilla con suavidad. Tenía que ir con urgencia al baño.

6.

Por la noche llegaron los Winninger. Hacía mucho Judith había salido con Lukas, el mejor amigo de su hermano, un hombre simpático, sensible e inteligente. En aquel entonces él trabajaba en Alemania como comercial de una editorial..., por consiguiente había sido para ella lo contrario de Hannes: no estaba nunca. Sólo por Antonia, una estudiante de Filología inglesa de Linz que parecía su hermana gemela, él había dejado aquel trabajo y había aceptado un puesto en la biblioteca pública. Viktor ya tenía ocho años, y Sibylle, seis.

A pesar de la lluvia, Ali se fue al jardín con los niños a jugar al tiro con arco. Tal vez sólo quisiera lavarse un poco el pelo. Lukas distrajo a Judith de las bolas de cera y habló en confianza con ella de los viejos y nuevos tiempos, de los que posiblemente habían acabado demasiado pronto y comenzado demasiado tarde. El vino del sur de Burgenland era ideal para ello.

En un momento dado, Judith notó que había desaparecido la mano de su rodilla y, junto con ella, Hannes. Después de mucho buscar, lo encontró fuera, en el rincón más apartado del jardín, estoicamente sentado en una pila de leña, dejándose empapar por la lluvia.

Judith: —¿Qué haces?
Hannes: —Estoy pensando.
Él la miró de soslayo.
Judith: —¿En qué?
Hannes: —En ti.
Judith: —¿Y qué piensas?
Hannes: —En ti y en Lukas.

Judith: —¿En Lukas?

Hannes: —Crees que no me doy cuenta, ¿eh?

Él parecía hacer un esfuerzo para hablar en voz baja, las cuerdas vocales sonaban roncas.

Judith: —¿Qué dices?

Hannes: —Que él te mira.

Judith: —Se suele mirar cuando se habla, ¿no crees?

Hannes: —Según cómo.

Judith: —¡No, Hannes, por favor! Hace veinte años que conozco a Lukas. Somos viejos amigos. Hace mucho, mucho tiempo tuvimos...

—No quiero saber lo que hubo antes. Para mí lo que cuenta es lo que hay ahora. Me pones en ridículo delante de tu familia.

Ella se inclinó hacia él y lo miró fijamente a la cara. Él temblaba, las comisuras de su boca y de sus ojos se crispaban a porfía. Judith respiró hondo de manera ostensible y habló pausada y enfáticamente, como se hace al declarar principios.

—¡Basta, Hannes, así no! Esto es el colmo. Mi charla con Lukas ha sido de lo más normal. Si para ti eso es un problema, pues tienes un problema conmigo. Si hay algo que no soporto son esta clase de escenas, no las soporto desde la adolescencia, y no pienso acostumbrarme a los treinta y pico.

Hannes se quedó callado y ocultó la cara entre las manos.

—Ahora voy a entrar —dijo Judith—. Y te recomendaría que hicieras lo mismo. Está lloviendo.

—Espera un momento, amor —le gritó él cuando se iba—. Vamos juntos, por favor.

Su voz había vuelto a ser casi normal.

7.

Los chillidos, los murmullos y las carcajadas provenientes del jardín despertaron a Judith a la mañana siguiente. A los pies de su cama de invitados estaba el saco de dormir azul vacío. Hannes debía de haberse acostado cuando ella ya estaba dormida y debía de haberse levantado antes de que ella se despertara. Junto a su almohada había una nota con un corazón asimétrico dibujado a lápiz y el siguiente mensaje: «Amor, no sé lo que me pasó ayer. Me comporté como un quinceañero. Te lo prometo: nunca más volverás a verme así. Perdóname, por favor. La única explicación que puedo darte es mi amor loco por ti. Tuyo, Hannes».

Fuera hacía sol. Ella vio a Hannes por la ventana, de magnífico humor, acosado por los niños. Levantaba algo con una mano y luego con la otra, y lo hacía girar en el aire. Lukas y Antonia estaban al lado y bromeaban con él. Cuando él vio a Judith, la saludó efusivamente con la mano.

En la terraza ya estaba servido el desayuno.

—Nos han regalado un duendecillo nocturno —le contó Hedi a Judith.

Todos los platos estaban lavados y guardados, y el suelo barrido. La cocina estaba irreconocible, hacía años que no estaba tan limpia. Hasta la costra del fogón, que parecía irreparable, de repente había desaparecido.

—¿Se puede alquilar a Hannes también entre semana? —preguntó Hedi.

Judith se esforzó por reír de manera cordial.

Hannes rechazó los cumplidos.

—Cuando no puedo dormir, prefiero volcarme en las tareas domésticas. Es una manía que tengo —dijo—. Y a preparar el desayuno me ha ayudado mamá.

La madre de Judith estaba sentada a su lado, por supuesto. Él le apoyó la mano en el hombro.

—¡Bah!, un par de tazas —dijo ella, y lo recompensó con una serie de miradas de diva.

Por la mañana, mientras Hannes correteaba con los niños, Judith consiguió arrancarle unas palabras a su callado hermano. Ali le contó que ahora le iban mejor los antidepresivos, que a veces realmente rebosaba de dinamismo. Le hacía muchísima ilusión el bebé y se había jurado ser el padre perfecto (también se lo había jurado a Hedi). Lo único que le faltaba era un trabajo regular. Con las fotos de paisajes no se ganaba nada. Por desgracia no había aprendido a hacer nada más, y en ese aspecto era mejor dejar las cosas como estaban.

—¿Y qué te parece Hannes? —preguntó Judith.

Ali: —Sabe arreglar la casa.

Judith: —¿Y qué más?

Ali: —Pues no sé, en cierto modo es terriblemente... terriblemente simpático.

Judith: —Sí, lo es.

Ali: —Y ya casi es de la familia.

Judith: —Todo ha sido superrápido. Alucinante.

Ali: —Tú estás distinta cuando estás con él.

Judith: —¿En qué sentido?

Ali: —En cierto modo sólo estás... a medias.

Judith: —Eso suena fatal.

Ali: —En fin, si tú lo quieres...

Judith guardó silencio, se hizo una pausa.

Ali: —¿Lo quieres?

Judith: —No lo sé.

Ali: —¿No se sabe siempre cuando se quiere?

8.

Judith había temido la última parte del regreso a casa. A mamá ya la habían dejado. Hannes le había llevado el bolso hasta la puerta del piso. Seguro que ella se pondría a rellenar de inmediato el primer formulario de adopción.

—Oye, Hannes...

Judith debía decírselo ahora: no quería pasar la tarde ni la noche con él. Es más, necesitaba con urgencia unos días para ella. «Para ella» equivalía a «sin él». Quería volver a sentirse «completa», necesitaba recuperar su otra mitad. Sin aquella otra mitad era impensable estar con Hannes. Él la interrumpió:

—Amor, me he guardado la mala noticia para el final. Simplemente lo he aplazado, hoy ha sido un día tan bonito, tan armónico..., justo como yo quería. Tienes una familia tan maravillosa... Y tus amigos. Y los niños.

Parecía compungido.

Judith: —¿Qué mala noticia?

Hannes: —No podremos vernos por una semana.

Judith: —¿Una semana?

Por fortuna, su concentración en la carretera no admitía gestos emocionales.

Hannes: —Sí, lo sé, es espantoso, casi insoportable, pero...

Y luego explicó por qué el seminario de arquitectura en Leipzig no podía celebrarse sin él.

—Sí, lo comprendo. Entonces tienes que ir, no hay peros que valgan —dijo Judith, esforzándose por poner cara seria y valerosa.

—Quizá tampoco sea tan malo para nosotros —dijo él.

Ella le echó un vistazo. No había ningún dejo de cinismo en su voz.

Judith: —¿A qué te refieres?

Hannes: —Un poco de distancia. Para poner las cosas en orden. Para que volvamos a sentir nostalgia.

Judith: —¡Sí, Hannes, qué gran verdad!

A ella le costaba disimular su alegría.

Hannes: —Hasta el amor más grande necesita aire para desarrollarse.

Judith: —Sí, Hannes. Sabias palabras, muy sabias palabras.

Se merecía un beso. Ella giró a la derecha para aparcar.

—Pero esta noche duermes en casa —le dijo.

—Si me dejas... —contestó él.

Sus arrugas solares sonrieron.

Judith: —No es que te deje, es que debes.

Fase cuatro

1.

Judith pudo observar cómo su segunda mitad volvía a insertarse con rapidez en la primera. Juntas vendían lámparas caras en cadena, sudaban a la hora del almuerzo en la clase de step-aerobic, husmeaban en librerías y tiendas de ropa después del trabajo, por la noche no se avergonzaban de ver James Bond y la versión alemana de *Operación Triunfo,* se alimentaban de pizza y döner kebab, brindaban con Chianti la una por la otra y estaban en paz entre ellas, entre ellas y con su equilibrada propietaria.

Judith se sorprendía de que Hannes llevara ya tres días sin dar señales de vida, pero ninguna de sus dos mitades podía decir que le disgustara aquel tiempo muerto forzoso con él. Sólo cuando estaba ya bajo las mantas, cuando cerraba los ojos y buceaba en su interior, un vértigo le subía del estómago a la cabeza, luego bajaba y le llegaba hasta los dedos de los pies, que de pronto se le enfriaban. Probablemente aún fuese demasiado débil para llamarlo nostalgia, pero todavía le quedaban unos días más para crecer.

El miércoles Judith tuvo que hablar en serio con su aprendiza.

—Bianca, la felicito por su respetable busto —dijo—, pero esto no es más que una tienda de lámparas, así que puede ponerse sujetador, si quiere.

—Ya, jefa, pero es que jo, aquí hace un calor que no veas —replicó Bianca aburrida.

Judith: —Créame, resulta usted mucho más interesante si no lo muestra todo.

Bianca: —Pues se ve que no sabe nada de hombres —hablando de hombres...—: ¿Por qué su novio ya no viene a la tienda?

Judith: —Está en un viaje de trabajo, en Leipzig.

Bianca: —Pero esta mañana estaba aquí.

Judith: —No, chica, imposible, Leipzig está en Alemania.

Bianca: —Jo, le digo que sí, de verdad. Ha pasado y no vea cómo ha mirado para dentro por el escaparate.

Judith: —No, Bianca, lo habrá confundido con otro.

Bianca: —Pues ese otro se le parecía un montón, jefa.

Judith: —Bueno, bueno. ¡Mire a ver si puede arreglarlo y mañana venga con sujetador!

2.

Por la noche, Judith se encontró con Gerd y algunos de sus compañeros y compañeras del Instituto Gráfico, en el restaurante español de la Märzstraße.

—¿Dónde está Hannes? —preguntó él, en lugar de saludarla.

Judith: —En un viaje de trabajo, en Leipzig.

Gerd: —¡Ah, qué pena!

No lo dijo por cortesía, sino con sinceridad, y a Judith eso le molestó. Lo tomó como una pequeña afrenta para su segunda mitad, recién recuperada.

Cuatro horas después, cuando se despidieron, Gerd enmendó su error.

—Siempre eres especial —dijo—, pero hoy has estado especialmente especial, te has soltado mucho.

—Gracias —respondió Judith.

No habría sido por los temas de conversación (la contaminación, las madres, la plaga minadora del castaño de Indias, la reencarnación).

Judith: —Me he sentido muy a gusto en vuestra reunión, ha sido una noche estupenda.

Aún seguía teniendo una sonrisa de bienestar en los labios cuando cerró con llave el portal por dentro, subió al ático en el ascensor y buscó a tientas el botón rojo luminoso, que encendía la luz de la escalera. Entonces lanzó un grito agudo. El manojo de llaves se le cayó de la mano y fue a dar contra el suelo de piedra con gran estrépito, como si hubiese partido gruesas paredes de cristal. Alguien que estaba acurrucado delante de su puerta se puso de pie y se dirigió hacia ella. Judith quería huir, pedir socorro, pero el estado de shock en que se encontraba su cerebro paralizaba su cuerpo.

—Amor —susurró él con voz ronca.

—Hannes, ¿eres tú? —balbuceó ella, con un nudo en la garganta—. ¿Te has vuelto loco? —el corazón le martilleaba en el tórax—. ¿Qué te pasa? ¿Qué haces aquí?

Sólo entonces vio el enorme ramo de rosas rojas oscuras con que él la apuntaba, como si fuera un arma, con los tallos hacia delante.

Él: —Estaba esperándote. Llegas tarde, amor, muy tarde.

Ella: —¿Estás loco, Hannes? No puedes hacer esto. Me has dado un susto de muerte. ¿Por qué no estás en Leipzig? ¿Qué estás haciendo aquí?

Ella respiraba con dificultad. Él dejó las flores en el suelo y le tendió los brazos abiertos. Ella retrocedió.

—¿Que qué estoy buscando? Te estoy buscando a ti, amor. Quería darte una sorpresa, no imaginaba que volverías tan tarde. ¿Por qué tienes que volver a casa tan tarde? ¿Dónde te habías metido? ¿Por qué nos haces esto?

La voz le temblaba. La luz del pasillo le daba en la cara. Alrededor de sus ojos proliferaban profundas arrugas sombrías.

—¡Vete, por favor! —dijo ella.

Hannes: —¿Me estás echando?

Judith: —No puedo verte ahora. Necesito estar sola. Tengo que asimilar esto. ¡Así que vete, por favor!

Hannes: —Amor, lo has entendido todo mal. Puedo explicártelo. Yo quiero estar contigo, quiero estar siempre contigo. Yo te protejo. Somos una pareja. Déjame entrar. ¡Déjame explicártelo todo!

Judith sintió cómo poco a poco sus miembros se liberaban del shock, cómo la furia iba cobrando fuerza dentro de ella e impregnaba sus cuerdas vocales.

—¡Sal de esta casa ahora mismo, Hannes! —exclamó—. ¡Ahora mismo! ¿Me has entendido?

En el cuarto piso se abrió una puerta y alguien gritó:

—¡Silencio ahí arriba! ¡O llamo a la policía!

Hannes se sintió intimidado por la amenaza, de pronto parecía turbado:

—Y yo que pensaba que te alegrarías... —murmuró con un hilo de voz. Ya estaba junto al ascensor—. ¿Es que no me has echado de menos? —ella no contestó—. ¿No quieres al menos tus flores? Tienen sed. Necesitan agua. Llevan muchas, muchas horas esperando agua.

3.

Tras una espantosa noche en vela, ella le mandó un SMS y le pidió que hablaran. A la hora del almuerzo se encontraron en el café Rainer. Él estaba sentado en la misma mesa que en la primera cita, pero esta vez en el banco rinconero. Ella escogió la incómoda silla que había enfrente. Hannes estaba pálido y ojeroso. Judith ya conocía su cara de avergonzado y arrepentido. Con ella se convertía en el alumno que ha de confesar un insuficiente en mates.

Él admitió que lo de Leipzig había sido mentira. No había ningún seminario de arquitectura. Había notado que el amor de ella no crecía tan deprisa como el suyo. Quería concederle una pausa, para que pudiera acortar distancias (como si el amor funcionara según las reglas de una carrera de velocidad). Dijo que además le venía de perillas, porque tenía cosas que hacer. Y sonrió satisfecho. Pronto ella sabría más al respecto.

—Hannes, no podemos seguir así —dijo ella.

—Te entiendo —dijo él—, estás ofendida por lo de ayer. Sí, fue una tontería por mi parte. Tendría que haberte llamado antes. Te cogí con mal pie.

—No, Hannes, es más que eso —dijo ella—. Para una relación tan intensa, yo no estoy...

—¡No sigas, por favor! —el escolar había desaparecido. Ahora Hannes era el padre fuera de sí, severamente autoritario—. Te he entendido, sé que cometí un error, no volverá a ocurrir. ¡Nostalgia! ¿Sabes lo que significa nostalgia? ¿Hace falta que te lo deletree? N, O, S, T, A, L, G, I, A. Nostalgia. Sentía nostalgia de ti. ¿Es un delito?

En cuanto advirtió que Judith estaba observando su puño cerrado, lo abrió de inmediato. Sonrió con dulzura como obedeciendo una orden, intentó en vano que se le formaran arruguillas solares. Alargó el brazo hacia Judith. Ella se echó hacia atrás.

—Ya lo verás, amor, todo se arreglará —dijo él.

Ella pidió la cuenta.

—Pago yo —replicó Hannes.

4.

—¡Jefa, teléfono! —gritó Bianca pocas horas después, desde la sala de ventas hacia el despacho, donde
Judith estaba intentando recoger los añicos de sus ideas
sin hacerse más daño todavía.

—No estoy para nadie, estoy ocupada —contestó.

Su corazón no había retomado el ritmo habitual
desde el duro golpe en la escalera.

Bianca: —Es su hermano Ali.

Judith: —¡Ah!, ya, Ali, a él puedes pasármelo.

Ali hablaba el doble de rápido y fuerte que de costumbre. Casi se diría que las palabras le salían a borbotones
(si las aguas estancadas pudieran salir a borbotones).

—No sé cómo agradecéroslo —dijo.

Judith tampoco lo sabía. Ni siquiera sabía qué tenía
que agradecer.

Ali: —Es bonito tener una hermana que esté ahí
cuando uno se ve en un apuro.

Judith: —Sí, claro que sí. ¿Por qué lo dices?

Ali: —Porque conseguiste que Hannes lo hiciera.
Hedi está tan contenta. Y ya verás cómo pronto dejaré de
necesitar medicamentos.

Basta, ya estaba bien:

—¡Ali, explícate! ¿Qué es lo que conseguí que hiciera Hannes?

Ali: —No me digas que no sabes nada.

Resultó ser lo siguiente: ya el día después de su
visita, Hannes lo había llamado y le había ofrecido el trabajo ideal. Lo único que Ali debía hacer era fotografiar
farmacias y droguerías, primero en los distritos de Alta

Austria y luego en otros estados. Al día siguiente, Hannes había pasado a recogerlo y habían ido a Schwanenstadt para visitar el primer proyecto. Hannes le había explicado cómo tenían que ser las fotografías, todas tomas exteriores de los edificios. Después habían redactado un contrato a tanto alzado por medio año.

—Mil euros al mes más todos los gastos, por un par de fotos sencillas, ¡qué barbaridad! —se entusiasmó Ali.

Judith no abrió la boca.

—Me da vergüenza haberlo subestimado —dijo su hermano—. Esa clase de personas son mejores que todos los terapeutas, que sólo hacen negocio con las crisis ajenas.

»Los que te ayudan no son los que estudian para luego decirte que necesitas con urgencia un trabajo, sino los que realmente te lo consiguen.

—Ya —dijo Judith.

Tenía la garganta seca y no podía emitir más sonidos.

Ali: —Hannes no sólo escucha, también hace algo. Algún día le devolveré el favor, te lo prometo.

Judith: —Ya.

Ali: —Y tú lo arreglaste todo, te lo agradezco, querida hermana.

Ella se mordió los labios. ¿Podía refrenar su euforia? ¿Podía disuadirlo de aceptar el trabajo? ¿Con qué argumentos? ¿Con su intuición?

—Me alegro por ti, Ali —dijo ella—. Y la próxima vez me gustaría hablar contigo. Tengo que explicarte algo, algo importante. Espero que me comprendas. Pero por teléfono no puedo.

5.

Los siguientes días Hannes la sorprendió con su reserva, y estaba bien que así fuera. Judith no se sentía en condiciones de pasar una noche con él, al menos no todavía. Tenía preparada una serie de elaboradas excusas para evitar un encuentro. Pero si hubiese confesado la verdad, habría dicho algo así: «Lo siento, Hannes, es que de momento no estoy de humor para verte. Tu nostalgia me saca de quicio. Me he hartado de tu insistencia. En concreto: de tu asalto nocturno. Es esa imagen del hombre acurrucado delante de mi puerta a medianoche, que ha estado esperándome, acosándome, invadiéndome. Ese hombre no se me quita con tanta facilidad de la cabeza. Y es del todo incompatible conmigo en una misma cama».

Las aclaraciones quedaron sin formular, pues sorprendentemente él no dio claras señales, ni siquiera oscuros indicios, de querer verla por la noche. Tres veces saludó a través del escaparate. Sus llamadas telefónicas fueron breves y cordiales. Se esforzaba al máximo por resultar gracioso, y un par de veces incluso lo consiguió (con relativa espontaneidad).

En todo caso —y ésa era su nueva y agradable faceta— parecía haberse deshecho de su abrumadora melancolía. Cultivaba el tono distendido, evitaba el patético tema del «amor de su vida», hurgaba en el cajón de las pequeñas atenciones y se contentaba con tiernas citas de su diccionario secreto de los mil piropos más hermosos.

Al cabo de una semana de cercanía bien dosificada y de ininterrumpida distancia, ella había recobrado la confianza necesaria para hablarle del asunto de Ali.

—¿Por qué lo hiciste? —le preguntó.

Hannes: —¿Tú qué crees?

Judith: —¿Que qué creo? No quiero que sea lo que yo creo.

Hannes: —Pues ahora me interesa más todavía qué crees tú que es.

Judith: —Creo que lo hiciste por mí.

Él soltó una sonora carcajada. Si era fingida, estaba bien fingida.

Hannes: —Amor, esta vez te equivocas. Necesito las fotos, tengo que hacer un fichero. Ali necesita dinero, tiene que mantener a una familia. Y Ali sabe sacar fotografías. Ojalá todos los negocios fuesen tan sencillos.

Judith: —¿Por qué no hablaste primero conmigo?

Hannes: —Lo reconozco, quería darte una sorpresa, amor. Porque sabía que te alegrarías por tu hermano.

Judith: —Hannes, tus sorpresas son demasiado frecuentes y demasiado grandes.

Hannes: —Amor, no podrás quitarme esa costumbre. Me encanta darte sorpresas. Es la mejor de mis aficiones, ya casi se ha convertido en el sentido de mi vida.

Él rio. Cuando intentaba ser irónico consigo mismo, era cuando a ella mejor le caía.

6.

Su actual oferta de sorpresas se caracterizaba por la pertinaz ausencia de la pregunta de si volverían a salir una noche juntos. Ya habían pasado dos semanas del encuentro en la escalera. ¿De pronto había perdido el interés en ella? ¿Ya no quería estar cerca de ella? ¿Había otra mujer? (Una idea que le producía, en igual medida, alivio y consternación.) ¿O simplemente, después de cuatro meses de amistad, noviazgo o lo que quiera que fuere, por primera vez le tocaba a Judith dar el próximo paso?

Eran las diez y media de la noche, ella estaba en su sofá ocre, dejándose iluminar por su cálida lámpara de codeso. Un día laborable de verano sin incidentes parecía agotarse entre bostezos y la voz de un presentador de noticias cuando decidió escribirle un SMS a Hannes: «Si aún estás despierto, mantente así. Si aún quieres venir a casa, ¡¡¡¡¡ven!!!!!». Antes de mandar el mensaje, borró tres de los cinco signos de exclamación.

Dos minutos después llegó su mensaje. «Amor», le escribió, «hoy ya no. Pero mañana por la noche podemos ir a cenar. ¡¡¡Si TÚ quieres!!!». Su decepción duró apenas unos minutos y no guardaba ninguna relación con la sensación de felicidad con que se fue a la cama. A ese Hannes que no estaba siempre disponible como su predecesor, a ese nuevo Hannes quería conocerlo mejor. Esperaba con ilusión la primera cita con él.

7.

Él debía de haber hecho un curso de serenidad. El saludo fue informal y consistió en un masaje manual de tres segundos y un beso fugaz en la mejilla. Además, había llegado nueve minutos tarde. Fueron los primeros nueve minutos en que ella —debía admitirlo— lo había esperado con el alma en vilo.

—Seis minutos más y me habría marchado —mintió.

Él sonrió con dulzura. De no haberse tratado del constructor de farmacias Hannes Bergtaler, hasta podría decirse que sonrió con aplomo.

Ella quería ver su aspecto más favorable y había escogido una mesa junto a una ventana del lado oeste, aún iluminado por el crepúsculo. Aquella luz les sentaba bien a sus arruguillas solares. Y cuando reía, los dientes de la abuela se extendían de oreja a oreja como una hamaca blanquísima. Lástima no tener la cámara fotográfica. Así le habría gustado guardarlo en su memoria para siempre.

Ella se extrañó de no tener apetito esta vez. Se asombró de que él se concentrara varios minutos en la carta. Y por primera vez empezaba a desconcertarla que nada, pero nada de nada en sus gestos contenidos indicara los impetuosos sentimientos con que durante meses la había tenido fascinada.

—¿Ha cambiado algo? —preguntó ella, tras una hora larga de conversación amena pero intrascendente (y la siguiente pregunta, «¿Ya no me quieres?», por suerte no salió de su boca).

—Sí —contestó él—, ha cambiado mi actitud.

Lo dijo en el mismo tono que antes había dicho: «De postre te recomiendo la tartaleta de fresas y castañas».

Hannes: —Quiero ser prudente. Quiero que te sientas a gusto conmigo. No quiero atosigarte nunca más con mi amor.

Judith: —Eso está muy bien y lo valoro mucho, querido.

Ella le cogió la mano, él la apartó.

Hannes: —¿Pero?

Judith: —No hay peros.

Hannes: —Que sí, que lo noto, hay algún pero.

Judith: —Que no por eso debes renunciar por entero a demostrarme que significo algo para ti.

Hannes: —Sólo puedo ser de una manera o de otra.

Judith: —Sé que dices la verdad, pero la verdad que no está bien. ¿Qué pasó en tus relaciones anteriores?

Hannes: —No quiero hablar de eso. Lo pasado, pasado —el sol se había puesto ya—. ¿Nos vamos?

—Buena idea —dijo ella.

8.

En realidad, ella ya había sentido deseos de besarlo por el camino. A decir verdad, estaba impaciente por hacerlo, pero el paso de él era tan uniforme y decidido que no se atrevió a frenarlo y hacerle perder el ritmo. Cuando abrió el portal, él se detuvo de improviso y dijo:

—Bueno.

Judith: —Bueno, ¿qué?

Hannes: —Yo me despido aquí.

Judith: —¿Perdón?

Hannes: —No voy a subir contigo.

Judith: —¿Por qué no?

A ella le costaba mucho disimular su decepción.

Hannes: —Creo que es mejor así.

Nunca algo es realmente mejor así cuando se emplea esa detestable fórmula de cortesía, pensó ella.

Judith: —¿Y si yo, sí o sí, quiero acostarme contigo?

Hannes: —Me alegro.

Judith: —Pero no te excita.

Hannes: —Claro que sí.

Judith: —¿Pero?

Hannes: —No hay peros.

Judith: —Que sí, que lo noto, hay algún pero.

Hannes: —Que la excitación no lo es todo.

Judith: —De acuerdo, Hannes, voy a intentarlo una vez más: me gustaría que pasaras esta noche conmigo. ¡Me gustaría mucho, mucho, mucho!

Hannes: —Eso está bien.

Judith: —¿Pero?

Hannes: —Pero yo no sólo quiero pasar algunas noches contigo.

Judith: —¿Sino?

Hannes: —¡Toda la vida!

La pausa que siguió era necesaria.

Judith: —¡Ah! Buenas noches, señor Bergtaler, hoy casi no lo había reconocido.

Él no dijo nada.

Judith: —La verdad, ha de ser difícil pasar toda la vida con una mujer con la que uno no quiere pasar algunas noches. Primero las noches, luego la vida. Por eso te repito mi pregunta por última vez: ¿subes?

Él no dijo nada. Ella entró despacio en el vestíbulo y empezó a cerrar la puerta. Él se quedó inmóvil.

—¡Buenas noches! —le espetó ella, con sarcasmo, por el resquicio de la puerta.

—¡Mis buenas noches están en tu bolso, amor! —le gritó él mientras se alejaba.

Durante algunas horas de insomnio en la cama ella logró ignorar el cuerpo extraño que había dentro de su bolso (a Hannes lo creía capaz de cualquier gesto, desde una servilleta donde había escrito «¡Que descanses!» o «Te amo» hasta un hermano gemelo del feo anillo de ámbar). A eso de las tres de la madrugada fue a ver para poder dormirse de una vez. Sin embargo, aquellas buenas noches la mantendrían despierta unas horas más. Se trataba de un sobre con billetes de avión: Venecia, tres días, dos personas, tres noches, el nombre de ella, el de él. Salida prevista: el viernes. Pasado mañana. Además, un corazón a lápiz demasiado ancho y su inconfundible letra: «¡Sorpresa!».

9.

Venecia no tuvo la culpa. Hizo lo que pudo para estar a la altura de su afamado romanticismo. Pero, a pesar de sus coloridas góndolas y sus canales verdes, ante Hannes Bergtaler llevaba todas las de perder. Por su febril mirada científica al emprender el viaje, por el beso de guía turístico con que la saludó y por su maletín de expedicionario, Judith ya comprendió que había sido un error aceptar aquel regalo.

Se alojaron en una pequeña suite cuatro estrellas, con un balcón que daba a uno de los cuatrocientos veintiséis puentes históricos. Hannes los conocía todos, de modo que Judith no tuvo necesidad de recordar ninguno. Se diría que él se había criado en Venecia. Aunque aseguraba que nunca había estado allí antes.

Sea como sea, conocía Venecia casi mejor que a sí mismo. Como pronto quedó demostrado, enseñársela a Judith era el sentido último del viaje, el último y el primero..., el único. Al principio, Judith no intentó resistirse. Hannes era incorregible e implacable en su afán de poner el mundo a sus pies (en este caso, Venecia).

Fueron aplazando el sexo de una noche para otra por el agotamiento (ella), y porque de todos modos el sexo no contribuía a descubrir la ciudad (él). Durante el día, obedeciendo a un refinado plan geográfico, el programa incluía visitas a museos, a lugares con y sin interés turístico, pausas de duración limitada para tomar un café, que Hannes aprovechaba para impartir pequeños seminarios particulares de arquitectura, y excursiones a la periferia, «la secreta, oculta, pero genuina y auténtica Venecia». Para las tres noches había reservado mesas en conocidos restaurantes y comprado entradas para los mejores conciertos de violín y obras de teatro de cada día. Es probable que hasta los sitios en los guardarropas estuvieran reservados. Ahora podía imaginar Judith qué era lo que él había estado haciendo las dos últimas semanas.

Volvió a notar que todos sus sentimientos hacia Hannes estaban sujetos a obligaciones. Esta vez tenía una deuda de gratitud y reconocimiento. ¡Menudo guía turístico de élite era, menudos ases se sacaba de la manga para darle incesantes muestras de su amor! Pero si uno ha de estar impresionado durante tres días seguidos con intervalos de una hora, llega un momento en que ya no lo consigue. Al cabo de dos días, Judith se hartó de la frenética Venecia de Bergtaler y fingió ataques de migraña.

La tercera y última noche se despertó sobresaltada por malos sueños y se encontró de espaldas, aprisionada entre los brazos y las piernas de Hannes. Las tentativas de liberarse sin despertarlo fracasaron. Se odió a sí misma por haberse puesto y haberlo puesto a él en aquella posición. Además la situación le produjo pánico, mezclado con un sentimiento de profunda tristeza alimentada por la calma y la oscuridad. Con la mano derecha libre buscó a tientas el interruptor y encendió la araña de filigrana. Al principio, los cristales emitieron nítidos destellos de colores que delinearon la infancia de Judith. Luego empezaron a difuminarse y poco a poco se fueron deshaciendo en lágrimas. Finalmente fueron arrastrados por los torrentes de sus ojos.

Ella contuvo los sollozos lo mejor que pudo. Sólo faltaba soportar unas horas más aquella espantosa falta de libertad de movimientos pasando desapercibida. Pero después de Venecia debía acabarse de inmediato. Tenía que decírselo. Es más: tenía que decírselo de modo tal que él lo entendiera. Tenía que separarse de él en buenos términos. Sólo pensarlo le daba miedo.

Fase cinco

1.

—No tiene nada que ver contigo —dijo ella.

De entrada, la más desvergonzada de las mentiras. Judith dejó caer tres terrones de azúcar en la taza de café. Hannes ahogó su mirada en un vaso de agua. Ella prefería no saber qué clase de mirada era. Ninguna relación puede haber sido lo bastante bonita para justificar la desdicha de una separación.

Judith: —Es que de momento soy incapaz de tener una relación estable.

¡Maldita sea!, ¿por qué no la interrumpía furioso? ¿Por qué le sonreía con tanta benevolencia?

Judith: —Hannes, yo... lo siento mucho.

Con la yema del pulgar, él aplastó una lágrima que corría por la nariz de Judith. Ella decidió que sería la última.

—Eres una persona maravillosa. Te mereces una mujer muy diferente, una mujer que esté segura de sus sentimientos, que pueda devolverte lo que tú le das, que...

No era extraño que él apenas la siguiera escuchando. Sacó una hoja de papel de su enorme portafolios plano y la puso sobre la mesa.

—¿Lo has notado? —preguntó con picardía y con demasiado buen humor para la situación.

En un café junto al puente de los Suspiros, él le había pedido a un artista callejero que les hiciera un retrato. Por ese motivo, allí había tenido su mejilla apretada contra la de Judith durante varios minutos. La cara de él estaba muy lograda, pero a Judith la suya, radiante, le parecía extraña. Cómo iba a adivinar un dibujante de Venecia qué aspecto tenía ella cuando estaba enamorada.

—Hannes, es mejor que por un tiempo...

—Sí, claro —la interrumpió él—, puedes quedarte con el dibujo si quieres, como un pequeño recuerdo.

—Gracias —dijo ella, desconcertada. No podía ser que ésa fuera ya la despedida.

Hannes: —Quizá lo de Venecia haya sido excesivo.

Judith: —No, no. Fue perfecto tal como fue. Guardaré un buen recuerdo de ese viaje, lo prometo —ella sentía su vergüenza hasta en las sienes. Ni su padre le había dicho semejantes cosas a su madre—. ¿Me odias ahora? —preguntó, con la esperanza de un rotundo «sí», en la cúspide del bochorno.

No pudo impedir que él le cogiera la mano y se la llevara a los labios. Cuando se deja a alguien, hay que tolerar todo eso.

Hannes: —¿Odiarte a ti? —él sonrió—. Amor, no sabes lo que dices.

Ella se temía algo peor: era él quien no sabía lo que ella estaba diciendo. Y además ya iba siendo hora de que dejara de llamarla «amor», pensó.

—Pues nada —dijo ella, cuando la pausa se volvió insoportable.

—Pues nada —dijo él, como si se tratase de un chiste tan bueno que pidiera a gritos ser repetido.

Ella tenía en la punta de la lengua: «Estoy segura de que volveremos a encontrarnos». Pero le añadió una analgésica dosis de optimismo calculado y se inclinó por:

—Seguro que no nos perderemos de vista.

Entonces él rio con todo su abanico de dientes blancos:

—No, seguro que no.

Judith se puso de pie y se dirigió a la salida deprisa, para evitar un dramático beso de despedida.

—Seguro que no, amor —le gritó él, mientras ella se alejaba.

2.

Por la noche, Judith suplicó a todos los buenos y los malos satélites de la televisión que le reblandecieran el cerebro con ayuda de unas copas de vino tinto. No se sentía en condiciones de ver gente y, menos aún, de encontrarse con amigos para comunicarles su fracaso de ruptura profesional. Sólo sabía una cosa, y quería guardársela para sí: Hannes había sido el último hombre con el que salía sin amarlo lo bastante para estar segura de que sería capaz de tolerarlo a su lado de forma permanente. Nunca más volvería a imponerse ni a sí misma ni a otra persona una retirada tan humillante.

Sobre las diez, el politono de su móvil la sacó de una de esas series con salvas de risas enlatadas. Hannes escribió: «¿Puedo mandarte un sms cuando no esté bien?». «Desde luego, cuando sea», le respondió ella, atormentada por los remordimientos y agradecida por su discreto intento de superar la frustración. Después apagó el móvil.

Por la noche se despertó varias veces y se aseguró de que él no estuviese a su lado. Al final se resignó, encendió todas las luces, se puso los auriculares para prevenir eventuales ruidos de la escalera, descansó la vista con las primeras letras del nuevo libro de T. C. Boyle y esperó a que el radiodespertador la salvara.

Por la mañana se obligó a tener prisa y ajetreo. Cuando cerró tras ella el portal (¿por qué habría tenido que darse la vuelta?), le saltó a la vista la bolsa de plástico colgada del picaporte, con la inscripción «PARA

MI JUDITH». Dentro había tres rosas amarillas envueltas en papel, con la críptica nota «¿QUÉ TIENEN ÉSTAS...» y la marca del autor, el corazón demasiado ancho de Hannes.

3.

—Jefa, parece enferma —dijo Bianca por la mañana, a la luz de la recién instalada entrega de lámparas de Lieja.

—No, sólo estoy mal maquillada —contestó Judith.

Bianca era impotente contra argumentos tan acertados.

—¿Jefa?

Ya por el tono, Judith se dio cuenta de que algo malo se avecinaba.

Bianca: —Su novio ha venido y ha dejado esto, tenía mucha prisa, le he preguntado si quería que le diera algún recado y él ha dicho que sí quería, y el recado que quería que yo le diera es que la quiere a usted más que a nada. ¡Jo, pero si es supertierno! Ya me gustaría a mí tener un hombre así alguna vez.

Bianca le entregó las flores: tres rosas amarillas, una nota con el vago mensaje «... Y ÉSTAS...» enmarcado en un corazón ancho de pesadilla.

Judith se retiró a su despacho y encendió el móvil para prohibirle a Hannes que le mandara más flores. Habían llegado once mensajes nuevos. Once veces su nombre. Once mensajes con el mismo texto. Dos y trece: «No estoy bien». Tres y trece: «No estoy bien». Cuatro y trece: «No estoy bien». Once veces no estaba bien, con intervalos de una hora exacta, sin distinción entre día y noche. Judith advirtió que faltaba poco menos de un cuarto de hora para que él volviera a no estar bien. Y si ella lo olvidaba o lo reprimía..., él iba a recordárselo puntualmente.

Seleccionó su número y le saltó el buzón de voz. «¡Déjalo ya, Hannes! ¡Haz el favor de no mandarme más estas series de SMS! ¡No tiene sentido! ¡Y déjate de rosas! Si aún te importo, respeta mi decisión. Créeme, yo tampoco estoy bien. Pero no hay más remedio. ¡Acéptalo, por favor!»

Le costó sacar adelante el trabajo el resto del día. Después de su llamada, Hannes había suspendido sus SMS. Ahora le quedaba el temor de nuevos ataques de rosas. Durante el camino a casa la acompañó la continua aprensión de que él podía estar cerca. Quizá le saliese al encuentro a mitad de camino. Quizá apareciera de improviso en una esquina. Quizá la siguiera furtivamente. Quizá ya le venía pisando los talones.

Una corazonada la llevó a dar un rodeo por la Flachgasse, donde tenía aparcado su Citroën. Desde lejos distinguió el envoltorio blanco alargado en el limpiaparabrisas: tres rosas amarillas, una nota, el fragmento de un mensaje, «... Y ESTAS...» enmarcado en otro corazón demasiado ancho. Se consoló con la esperanza de que él hubiese dejado las flores antes de su queja telefónica.

Cuando por fin la puerta del piso estuvo cerrada por dentro, se aflojó la tensión, pero la calma no duró mucho. Judith estaba en el sofá ocre del salón, permitiéndose una pequeña terapia lumínica bajo su lámpara de codeso de Rotterdam, cuando sonó el timbre. El shock se convirtió de inmediato en rabia.

—¿Hannes? —vociferó.

Se juró a sí misma que lo mandaría al diablo.

—Soy yo, la señora Grabner, la portera —contestó una voz acobardada—. Me han dejado algo para usted.

—¿Quién? —preguntó Judith con la puerta ya abierta, esforzándose por parecer amable.

Grabner: —Un repartidor.

Judith: —¿Cuándo, si me permite la pregunta?

Grabner: —Por la mañana, sobre las once.

Judith: —Ya, sobre las once. ¡Muchas gracias, señora Grabner!

Tiró las flores a la basura, antes de romper el papel miró unos instantes el nuevo mensaje del corazón, «... ROSAS...». Reunió mentalmente los fragmentos: «¿QUÉ TIENEN ÉSTAS Y ÉSTAS Y ESTAS ROSAS...». La frase estaba incompleta. Por lo visto, le aguardaban más regalos.

4.

—¿Ya las tienes todas, amor? —preguntó.

Había cogido el teléfono enseguida, sabía que ella lo llamaría.

Judith: —¿Por qué haces esto, Hannes?

Él: —Pensaba que te alegrarías. Siempre te alegrabas. Te gustan las rosas, sé muy bien cuánto te gustan.

Su voz sonaba como la del seductor líder de una secta.

—Y el color amarillo —prosiguió—. Tú adoras el amarillo. Siempre has estado rodeada de amarillo en tu vida. Tu hermoso pelo rubio, el más hermoso del mundo. Te has criado a la luz, amor. Eres una niña de la luz.

Ella: —Hannes, te lo ruego, deja...

Él la interrumpió. De pronto, su tono era sobrio y severo:

—No te repitas, amor. He recibido tu mensaje. Lo he guardado. Puedo escucharlo cuando me apetezca. Y respeto tu deseo. No te regalaré más rosas en los próximos días, ni amarillas ni de ninguna clase.

Ella: —¿Y dónde hay más? ¿Cuál es el mensaje que quieres darme? ¿Cómo es la frase? ¡Acabemos con esto de una vez! ¿Vale?

Él: —Es un acertijo, amor. Es un pequeño y simple acertijo. Puedes resolverlo fácilmente.

Ella levantó la voz:

—¡No quiero resolver nada! ¡Lo que quiero es que me dejes en paz! ¡Por favor!

Él: —Quince rosas en total. Cinco por tres. Un pequeño obsequio y un pequeño ejercicio, nada más.

Toma el florero grande de cristal. ¿Cuántos ramitos has recogido ya?

Ella: —Cuatro. Primero el portal, luego la tienda, luego el coche, luego la vecina. ¿Dónde está el quinto, Hannes? Dilo. O si no... si no... ¡Me sacas de quicio!

Él: —Perfecto. El orden está bien. Sabía que darías un rodeo por el coche antes de volver a casa. Te conozco, amor, y como te conozco, he pensado que te alegrarías.

Ella: —¿Dónde está el último ramo? ¡Dilo!

Se hizo una pausa.

Él: —Las últimas rosas... ¿Dónde estarán las últimas tres rosas? En mi casa, desde luego. Quería llevártelas personalmente. Hoy quería...

Ella: —Ten por seguro que no me traerás ni flores ni nada, Hannes. Hoy no nos veremos. Y tampoco mañana, ni pasado mañana. No quiero, ¡por favor!

Él: —No hace falta que me grites, amor. Eso me ofende. Te he entendido. Si no quieres que vaya, no iré. Si Venecia fue demasiado para ti, si necesitas una pausa, yo lo respeto.

—Hannes —dijo ella con mucha calma—, no necesito una pausa. Ayer-rompí-contigo. ¿Recuerdas? ¿Serías tan amable de tomar nota de ello?

A modo de confirmación, Judith cortó la comunicación.

5.

Durante tres días no oyó, no vio ni olió nada de él. Fueron días lluviosos de un calor sofocante. Agobiante..., así era también su estado físico y espiritual. Se despertaba de madrugada, con una vaga sensación de mareo, como si hubiese tenido a alguien acostado con todo su peso sobre su estómago, por ejemplo, a Hannes. Por la mañana y por la tarde entraba y salía de la tienda de lámparas cobijada bajo su paraguas. Durante el día —para evitar el contacto con cierto cliente potencial— se atrincheraba el mayor tiempo posible en el despacho. Pasaba las noches en casa con libros, películas y música, a la luz de sus lámparas. Cada dos horas le daba las gracias al teléfono por seguir sin dar señales de vida.

Al cuarto día del abrupto corte, se permitió tener por primera vez algo parecido a «compañía». Lara y Valentin, los que hacían manitas, la habían avisado de que, como estaban a punto de irse de viaje a Francia, le llevarían ya su regalo de cumpleaños, con una semana y media de anticipación, probablemente una lechera de porcelana de Gmunden. Los años anteriores, Valentin —que por aquel entonces aún no estaba con Lara— le había regalado una tetera, una cafetera y una jarra de porcelana de Gmunden.

Pero no..., resultó ser un juego de copas y vasos de Bohemia, francamente bonito, de una tienda de antigüedades de Josefstadt. (Por lo visto, Lara había hecho valer su influencia.) Judith pensaba contarles del fracaso de su relación en cuanto se mencionara el nombre de Hannes, al fin y al cabo por alguien tenía que empezar. Pero no se mencionó su nombre. Es probable que sospecharan lo que había ocurrido, porque él ya no aparecía en los relatos de Judith, ni en sus planes para las vacaciones y para el futuro. De Venecia sólo habló de pasada, como si aquellas vacaciones cortas hubiesen sido un fastidioso viaje de trabajo, el denso programa cultural obligatorio.

Las dos horas de charla fueron amenas y entretenidas, y distrajeron a Judith de sus agotadores pensamientos. Cuando se despidieron, Lara la sorprendió con las siguientes palabras de consuelo, acompañadas de un guiño:

—¡Todo acabará bien!

Y Valentin le dio un abrazo discreto y reconfortante, como si ella fuera una persona en crisis. Probablemente no hace falta hablar para saberlo todo, pensó Judith.

6.

Con un placentero cansancio y la esperanza de dormir siete horas sin soñar, entró en el dormitorio y encendió la araña de Praga. Observó la cama con desconfianza unos instantes, hasta que se dio cuenta de que era el bulto a los pies lo que la desconcertaba, porque unas pocas horas antes no estaba. Apartó la colcha... y si no gritó, fue sólo porque no podía ser cierto, porque la ventana estaba cerrada, y él no podía haber entrado por la puerta.

Y sin embargo... ahí estaba aquella cosa estrecha, alargada, cónica, absurda, sobre la sábana. Y por encima sobresalían tres rosas amarillas. Las cogió por el tallo y las arrojó contra la pared, intentó tranquilizarse, se puso en cuclillas junto a la cama, con las piernas apretadas contra el pecho, se esforzó por poner orden en su cabeza: primero la nota. Se dirigió a gatas a donde estaban las flores partidas, enseguida encontró el corazón ancho dibujado a lápiz. Al lado, en letras de imprenta, decía: «... EN COMÚN?». El maldito acertijo ya estaba completo: «¿QUÉ TIENEN ÉSTAS Y ÉSTAS Y ESTAS ROSAS EN COMÚN?»... Eran amarillas. Se las mandaba Hannes. La tenían a su merced. Le daban miedo. Mierda.

Por fin un viso de lógica: las flores sólo podían haber llegado a su cama de una forma... Cuando llamó a Valentin, le saltó el buzón de voz. Cuando llamó a Lara, sonó la señal de llamada.

Lara: —¿Sí?

Judith: —¿Vosotros me habéis puesto las rosas bajo la colcha?

(Judith disimuló la voz, de modo que sonara más o menos normal. Nadie debía sospechar el estado de alarma en que se encontraba.)

Lara: —Pues claro. No ha sido el Espíritu Santo. Qué sorpresa, ¿verdad? —Lara se rio por lo bajo—. Queríamos contribuir a vuestra reconciliación.

Judith: —¿Reconciliación?

Y a continuación, Lara contó la historia.

Hacía unas semanas que Hannes y Valentin se encontraban regularmente para jugar al tenis. (Ya se lo habían propuesto durante su primer encuentro en mayo, en la terraza de Ilse. Qué interesante. Hannes nunca había dicho nada al respecto.) Por lo general, después de jugar se quedaban un rato charlando, Lara también había ido dos o tres veces.

Si bien al principio, en su amor abiertamente declarado por Judith, Hannes era «el hombre más feliz del mundo», dos días atrás les había contado, todo compungido, que por desgracia el viaje a Venecia había salido «un poco mal», que había disgustado a Judith «con algunos comentarios y gestos tontos», y que ahora intentaba poner fin a «la pequeña crisis de pareja» con rosas y otras atenciones.

Les preguntó si podía darles a ellos las flores para Judith, ya que de todos modos pensaban ir a visitarla. Pero quería que se las dejaran en secreto, escondidas, «tal vez en la cama», para aumentar el efecto y para que Judith no se viese obligada a dar innecesarias explicaciones sobre aquella «tonta crisis de pareja».

—¡Ésta sí que es buena! —murmuró Judith al móvil—, ahora también me manda a mis amigos para que me vigilen.

Lara: —¿Qué dices?

Judith: —Lara, he dejado a Hannes, y lo he dejado definitivamente. Haz el favor de darle el recado a Valentin. Y a todos los demás. ¡Y sobre todo a Hannes, si es que volvéis a veros para jugar al tenis o lo que sea!

Lara: —¡Ay, Judith! Pareces muy desesperada. ¡Ánimo!, todo acabará bien, estoy segura.

Judith: —No acabará, Lara. Ya se acabó.

7.

Cada nuevo día sin «incidentes» crecía su esperanza de que él se hubiera dado por enterado. Bianca decía haberlo visto una vez «pasando rápidamente por el escaparate».

—¿Por qué ya no entra, jefa? —preguntó.

—De momento está muy ocupado —respondió Judith.

Para Bianca, la verdad podía esperar un poco más.

En el fondo, por desgracia la verdad los esperaba a todos. Judith todavía no había llegado a hablar con nadie sobre Hannes y el fracaso de su relación. Temía todas aquellas frases como «¡Ánimo!» y «¡Todo acabará bien!», la cara de desilusión de sus amigos y conocidos, que tenían con ella intenciones tan despiadadamente buenas, que sólo le deseaban lo mejor y una vez más habrían de ver que ella no se conformaba con lo mejor: con Hannes, el premio gordo, el prototipo de la felicidad arrebatada al azar. Lo tenía ahí, a él, al hombre ideal, exclusivamente para ella, y lo dejaba plantado bajo la lluvia así como así, con sus ramos de rosas amarillas.

Sin embargo, cada nuevo día sin «incidentes» también crecía su compasión. La situación de Hannes debía de ser peor que la suya. Para ella, él tan sólo era un doloroso «intento fallido», la prueba viviente de que ser amado con pasión no basta para amar. Era patético que ella, con su experiencia, hubiese caído en una trampa tan simple. Pero él tenía que superar el hecho de haber sido rechazado por la mujer que había puesto en el centro del universo y en la mira de sus deseos. Judith se maldecía a sí misma por haberlo consentido tanto tiempo.

¿Y a quién podía recurrir él ahora? Muchos amigos no debía de tener, nunca había hablado de ninguno. ¿Relaciones anteriores? Mantenía su pasado como un secreto. Con la hermanastra menor y su familia no tenía contacto. Su padre había muerto cuando él era pequeño. La madre y el padrastro vivían en Graz. Sólo se refería a ellos de forma fría y lacónica. O sea que ¿sólo quedaban sus dos insignificantes y difusas compañeras de trabajo?

Al cabo de ocho días, al mediodía, ella lo llamó desde la tienda y no se atrevió a decir nada más personal que:

—¿Cómo estás?

Hannes: —Gracias, Judith, me las arreglo más o menos bien con todo.

El tratamiento (por primera vez Judith, en lugar de amor), el tono de voz, el estado de ánimo, la forma, el contenido..., su respuesta la tranquilizó completamente.

—Procuro distraerme trabajando en mi despacho —añadió él—. Nos han encargado un par de diseños importantes —«nos», y ella no formaba parte de ese nosotros, a Judith le pareció que aquello sonaba bien. Despacho, distraerse, diseños..., tres palabras importantes con de—. ¿Y tú, Judith?

Ella: —¡Ah! Vamos tirando.

Él: —¿Sales mucho?

Ella: —No, no, más bien poco, estoy mucho en casa. Necesito descansar, como ya te he dicho, y tomar distancia de... mmm... de todo. Primero tengo que reencontrarme conmigo misma.

Él: —Claro, lo entiendo. Para ti tampoco es fácil.

Ella: —No, no lo es.

(Judith tenía que ir encontrando el modo de salir de aquella conversación tan comprometida, antes de perderse en la melancolía.)

Él: —¿Y cómo vas a celebrar pasado mañana tu cumpleaños?

La cogió desprevenida, aquello fue demasiado repentino, hasta el momento Judith había conseguido no pensar la fecha, era probable que él la hubiese enmarcado en el calendario con un corazón ancho.

Él: —¿Con la familia?

Ella: —Yo... pues aún no tengo idea, ya improvisaré algo —mintió ella.

Él: —Si llegas a verlos, salúdalos de mi parte.

—Lo haré. Gracias, Hannes.

El agradecimiento de ella se correspondió con el saludo de él, bonito, formal, respetuosamente distante.

Él: —Bueno, tengo que dejarte.

Estupendo.

Ella: —Sí, yo también.

Ella: —Pues eso.

Él: —¡Ah!, algo más, Judith. ¿Has resuelto el acertijo?

Ella: —¿Qué acertijo?

Él: —El de las rosas. ¿Qué tienen en común? Lo has adivinado, ¿no? Es fácil.

El tono de su voz había vuelto a ser radiante. La conversación debía acabar de inmediato.

—Son todas amarillas —dijo ella, aburrida y precipitada.

Él: —Me decepcionas, tan fácil tampoco es. Tienes que volver a pensarlo, prométeme que volverás a pensarlo. Aún las tienes todas, ¿no? Aún no se han marchitado, ¿verdad, amor?

Ella prefirió no responder. «Amor» tenía que ser la última palabra.

8.

El tercer sábado de julio, el día en que llegó un frente frío, ella cumplió treinta y siete soltera... y además «en casa», en casa de mamá. Había venido Ali con Hedi, en avanzado estado de embarazo. Probablemente el bebé planeaba celebrar su cumpleaños al mismo tiempo que Judith.

Ya el saludo fue extrañamente ceremonioso. Hacía años que a mamá no se la veía tan excitada de alegría. Ali casi no podía ser identificado como su hermano. Se había afeitado, llevaba una camisa blanca planchada y sonreía sin motivo, como si de repente la vida como tal le resultara divertida. Daba la impresión de que estaba a punto de ocurrir un suceso completamente excepcional.

—Por desgracia, Hannes no ha podido venir —dijo Judith, sorprendida de que ninguno hubiera preguntado enseguida por él... y no menos sorprendida de que no hubiese ninguna reacción después.

Tenía intención de resistir una hora antes de contarles la historia de la separación —tal era su firme propósito— con todos sus escabrosos capítulos.

—Hoy hay una sorpresa muy especial, Judith, para todos nosotros —anunció Ali, que nunca antes había sido el primero de la familia en tomar la palabra.

Estaban alrededor de la mesa iluminada con velas.

—¿Una sorpresa para todos nosotros? —preguntó ella con recelo.

—Sí, está esperando en el dormitorio —reveló Hedi.

—No, por favor, no —murmuró Judith.

Su demanda de sorpresas ocultas en el dormitorio estaba cubierta hasta el fin de sus días. Ali llamó a la puerta lleno de expectación, como antaño, cuando aún creía que vendrían los Reyes Magos. La puerta se abrió. Algunas voces se esforzaron por entonar un inoportuno pero al menos simultáneo «Feliz, feliz en tu día». Ella se sorprendió de verdad y dijo:

—¡Padre! ¡Increíble! No puede ser. ¿Qué haces tú aquí?

Primero él la abrazó de manera más afectuosa, más paternal de lo que correspondía a la relación mantenida durante años. Luego se repartieron con rapidez algunos regalos, todos envueltos en papel dorado. A continuación brindaron con champán por el cumpleaños, la unidad, la felicidad y otras cosas terminadas en «dad». Por la prosperidad seguro que también.

Después se sentaron a la mesa. Ali, a quien su padre trataba con inusual cariño, dio una vuelta completa con la cámara de fotos. Para la ocasión papá pasó su brazo por el hombro de mamá, una imagen conmovedora que no se había vuelto a ver desde los años de escuela de Judith.

Entretanto trascendió que se habían «acercado» y ya se habían visto un par de veces. Ali le susurró a Judith al oído que hasta tenían perspectivas de hacer un «segundo intento», de volver a vivir juntos.

Judith se esforzaba por hacer que su alegría pareciera real. Para ella, el retorno del padre a la familia llegaba dos décadas tarde. El verdadero regalo, uno de los más bonitos que le habían hecho en su vida, era su hermano menor transfigurado, despierto a la vida. Papá y mamá, sentados en armonía a una misma mesa: a esa simple terapia reaccionaba Ali con auténtica euforia.

—Y ahora hablemos de ti, Judith —dijo mamá.

Había pasado una grata hora, que de verdad recordaba a las fiestas de cumpleaños de principios de los ochenta. El pastel con su grueso glaseado rosa se había acabado. Basta de idilio familiar..., ya era hora de un radical cambio de ambiente.

Mamá: —Hija, hija, nos tienes preocupados.

Qué amargo y severo se volvía aquel reproche insinuado con dulzura, al estar su padre sentado al lado, asintiendo solidario con la cabeza. Ali apartó la vista, Ali, el imparcial, el que evitaba el conflicto, el hermano menor que siempre buscaba el equilibrio. Hedi se puso las palmas de las manos sobre el vientre, como si quisiera taparle los ojos y los oídos a su bebé.

Mamá: —¿Por qué no nos has dicho que tienes problemas?

¿Problemas? ¿Ella tenía problemas?

—He roto con Hannes —dijo Judith, desafiante—. ¿Dónde está el problema?

Los presentes callaron conmovidos. Parecía como si Judith acabara de confesar un delito sin mostrar arrepentimiento alguno.

—Ya, pero ¿por qué, santo cielo? —preguntó mamá.

No parecía muy sorprendida, sólo con la moral por los suelos y los nervios de punta.

Judith sintió que algo caliente le subía a la cabeza, algo que podía estallar con facilidad.

—Pues muy sencillo, porque no lo quería lo suficiente —dijo.

Mamá: —No lo quería lo suficiente, no lo quería lo suficiente. ¿Y se puede saber cuándo vas a querer tú lo suficiente? ¿Qué príncipe azul tiene que venir para que quieras de una vez lo suficiente? Deja de soñar, niña, ¡sé adulta!

Hasta ahí. El calor le había llegado a las mejillas y le quemaba las sienes. Judith se disponía a ponerse de pie y marcharse, un viejo ritual de la época del colegio, cuando intervino su padre, lo cual hizo que la escena resultara moderna y pintoresca:

—Judith, ven, por favor, quédate sentada —dijo en tono conciliador—. No puedes tomarle a mal a mamá que reaccione así. Hay que verlo en contexto. Tenemos que explicarte algo. ¿Sabes gracias a quién estamos todos juntos aquí?

Un horrible presentimiento creció en su interior y al mismo tiempo le hundió las paredes del estómago.

—Hannes.

Fue Ali el que al fin pronunció la palabra mágica. Hannes había llamado a su padre. Hannes se había encontrado con su padre. Hannes, el arquitecto, el compañero de su hija, el patrón de su hijo, Hannes quería darle al «amor de su vida» en su cumpleaños «el regalo de los regalos», inapreciable, insuperable, insustituible: papá y mamá. «Estoy a punto de llorar», tenía Judith en la punta de la lengua. Pero, en primer lugar, estaba Ali presente, tan presente como hacía tiempo que no lo estaba. Y, en segundo lugar, estaba muy ocupada conteniendo su cólera. Por el temblor de sus manos se dio cuenta de que ya no faltaba mucho para un arrebato violento.

Hannes, mamá y su padre... habían pasado varias horas juntos. Después había llegado Ali. Habían hojeado montones de álbumes de fotos, contado viejas historias, hurgado en la infancia de Judith (y en la de Ali). «Siempre he querido tener una familia así», había dicho Hannes.

Y por lo visto a ellos siempre les había faltado un «yerno» así, se dijo Judith, uno que recogiera y pegara los añicos de los viejos tiempos. Luego por encima el glaseado rosa. Y deprisa uno o dos nietos, antes de que la hija estuviese demasiado mayor para quedarse embarazada. Ahora también le temblaban las rodillas.

Ella: —¡Me parece ofensivo y humillante! ¿Por qué no habéis hablado primero conmigo?

Mamá: —¿Y acaso tú has hablado con nosotros?

Padre: —Todo esto era por ti. Debía ser una sorpresa de cumpleaños. Hannes tenía muy buenas intenciones.

Mamá: —Cómo íbamos a saber que a ese hombre tú...

Judith: —A ese hombre no lo amo, ¡lo siento muchísimo!

Pausa para la turbación general.

Ali, apocado, mediando: —No hay nada que hacer. Si ella no lo quiere.

Su hermano encogió los hombros antes de dejarlos caer. De nuevo tenía cara triste. Y la culpa era de ella, así lo delataban las miradas de su padre, de mamá y de Hedi.

—Ayer me llamó y me dijo que no podía venir a la fiesta —se lamentó mamá, justo antes de que Judith realmente se pusiera de pie y se marchase—. «¿Pero por qué no?» «Judith no quiere.» «¿Judith?» «Me mandó a paseo.» «Estás bromeando.» «Dice que de momento es incapaz de tener una relación estable.» «¡No!» «Necesita tiempo, tenemos que darle tiempo.» «¿Tiempo? Mañana cumple treinta y siete años. Hablaremos con ella, papá y yo.» «No hace falta. Las cosas se arreglarán por sí solas. Soy paciente.» «¡Ah, Hannes, lo siento tanto!» «De todas formas os deseo una bonita fiesta.» «¡Ah, Hannes!» «Y pensad un poco en mí.»

Fase seis

1.

Después él volvió a caer en el silencio, en un insistente silencio. A ella le parecía estar viéndolo cada día, cada noche, cada hora, preparando su próxima actuación. Esta vez quería estar prevenida. Pero sola no lo lograría. Judith, la luchadora, la que nunca necesitaba a nadie, la que siempre había podido con sus crisis y con los causantes, ella, cuyo mayor problema siempre había sido compartir con otros sus problemas, de pronto tenía que vérselas con un enemigo demasiado poderoso: la incertidumbre.

Las noches empezaban demasiado temprano y acababan demasiado tarde. Las pastillas para dormir, los primeros aliados de Judith, pronto dejaron de surtir efecto. No había remedio, tenía que desahogarse con alguien, necesitaba un confidente. Sus padres y su hermano Ali estaban descartados. De momento, en lo tocante a Hannes, los había borrado de su lista. Tener contacto con ellos significaba tener contacto con él. Y no estaba dispuesta a ponérselo tan fácil.

Tenía muchas esperanzas depositadas en Gerd. Enmascaró su petición de auxilio con una invitación al cine. Después de la película, en el bar Rufus —luz lechosa de neón, ojos sin brillo, ningún espacio para los secretos— por fin lo confesó:

—Gerd, he roto con Hannes, pero él no quiere aceptarlo. Me siento acosada. Le tengo miedo. ¿Qué hago?

—Lo sé —dijo Gerd—, pero puedo tranquilizarte.

Estaba haciendo todo lo contrario.

Ella: —¿Qué sabes? ¿Jugáis al tenis? ¿Sois grandes amigos? ¿Te paga un sueldo? ¿Tienes unas rosas amarillas para mí?

Él: —¿Judith, qué te pasa? Estás temblando. Ya va siendo hora de que hablemos. Puedo tranquilizarte, querida, de verdad que puedo. Escúchame.

Gerd le contó que Hannes lo había llamado dos días antes, con carácter estrictamente confidencial, y le había pedido «consejo sobre un asunto muy personal». Hannes había dicho más o menos lo siguiente: Judith ha roto nuestra relación. A mí me sentó como una bomba. Se me cayó el mundo encima. En mi primer momento de desesperación reaccioné mal. La asedié con flores. Y luego encima me reuní con su padre y su madre y le organicé una fiesta familiar para su cumpleaños. Mis intenciones eran buenas, pero me metí en cosas privadas, que no me conciernen en absoluto. Seguro que está enfadada conmigo. Me gustaría pedirle disculpas. Quiero que nos separemos en buenos términos. Pero ya no me atrevo a llamarla. ¿Tú qué crees, Gerd, cómo debo actuar? ¿Qué debo hacer?

Gerd: —Yo le aconsejé que esperara unos días más y luego te pidiese quedar para aclarar las cosas. Hablar siempre es bueno.

Ella: —Yo no quiero aclarar nada. Ya está todo dicho. Quiero que él desaparezca de mi vida. No le creo una palabra. Lo amaña todo. Intenta ganarse a todos mis amigos.

Gerd: —Venga, Judith, cálmate. Él no quiere hacerte nada malo. No es ningún monstruo. Te ama, no se le puede tomar a mal. Necesita asimilarlo. Y sea como sea quiere disculparse. Es mejor hablar de todo con sensatez. También tienes que comprenderlo a él, no es fácil que de repente...

Ella: —No quiero comprenderlo a él. Quiero que tú me comprendas a mí. Necesito alguien que me comprenda. Pero no eres tú, Gerd. Tú estás de su lado. Una vez más se me ha adelantado.

Gerd: —¿De qué estás hablando? Yo no estoy de ningún lado. Soy tu amigo, quiero que estés bien. Y me gustaría actuar como intermediario. Estoy a favor de la solución pacífica de los conflictos. Judith, Judith..., es terrible cómo te obsesionas con este asunto. De verdad que te sientes acosada.

Ella: —Así es, Gerd, de verdad que me siento acosada. Porque de verdad que me están acosando. Pero ya me defenderé. Gracias por tu ayuda.

2.

Por lo visto, Hannes hizo caso de la sugerencia de Gerd, esperó unos días más, luego llamó a Judith y le dejó dicho en el buzón de voz: «Hola, Judith, no quiero que nos separemos de mala manera. Tampoco quiero que tengas sentimientos negativos cuando pienses en mí. Te pido que tengamos una última charla. Reconozco mi error. ¿Podemos quedar una vez más? Te propongo mañana, a las doce, en el café Rainer. Si no me llamas, supongo, mejor dicho, confío en que vendrás. Yo estaré allí esperándote. ¡Hasta mañana, pues!».

Ella no contestó la llamada y tampoco pensaba ir. A la mañana siguiente, en la tienda de lámparas, no pudo seguir ocultando su estado de nerviosismo y alteración, y le confió a su aprendiza el asunto de Hannes.

—Jo, qué espanto, jefa —dijo Bianca—, pero la entiendo. A mí tampoco me gusta que un tipo vaya detrás de mí cuando ya no lo quiero. Y a mí me puede pasar superrápido que un tío me canse que no veas.

Al decir esto, Bianca puso la correspondiente cara de asco. Si yo fuera capaz de poner una cara así, me habría librado de Hannes hace tiempo, pensó Judith.

Bianca: —¡Pero vaya hoy a la cita, jefa! Así acabará con esto. Si no, él se lo pedirá mañana y pasado mañana. Yo sé cómo es, hay algunos que no quieren enterarse.

Era curioso que fuese precisamente Bianca la primera que más o menos podía ponerse en su situación. Tal vez Hannes se hubiese quedado en la misma edad que ella en su emocionalidad.

—Muchas gracias, Bianca.

—¡Tranqui, jefa! —contestó desde sus dieciséis años.

3.

Él estaba con la cabeza gacha, en la mesa de la ventana, a la izquierda de la entrada. Ella se quedó atónita al ver su aspecto. Iba sin afeitar, llevaba el pelo grasiento y desgreñado, tenía las mejillas hundidas, la piel cetrina. Se le saltaron los ojos cuando alzó la vista hacia ella.

—Qué bien que has venido —dijo.

Parecía tener molestias en la garganta, en todo caso le costaba hablar.

Judith: —¿Estás enfermo?

Él: —No, cuando te veo.

Ella ya se arrepentía de haber ido.

Ella: —Deberías ir al médico.

Él esbozó una sonrisa forzada.

—Realmente eres la mujer más hermosa del mundo —dijo.

—Tienes fiebre. Quizá sea una gripe mal curada o algún virus.

—Mi virus eres tú.

—No, Hannes, déjalo ya. Tienes que olvidarme —contestó ella.

Él la había contagiado, ahora ella también tenía un nudo en la garganta.

Él: —Amor, ambos nos hemos equivocado.

Ella: —Sí, yo me he equivocado al venir aquí.

Él: —¿Por qué dices cosas tan feas? Me hiere. ¿Qué te hecho, amor, para que me digas cosas tan feas?

Ella: —Por favor, Hannes, te lo suplico, deja de llamarme amor. No soy tu amor, no soy un amor. Quiero volver a vivir de una vez mi vida normal.

—Permíteme recordarte algo, Judith —de pronto su voz sonó fuerte y cargada de rabia—. Estábamos sentados ahí enfrente —dijo, señalando la mesa del rincón—. Hace veintitrés días... —miró el reloj—. Hace veintitrés días y setenta y cinco minutos. Estábamos sentados ahí enfrente, y tú dijiste, dijiste textualmente, corrígeme si no fue esto lo que dijiste: «Simplemente, de momento soy incapaz de tener una relación estable». Y unos minutos después dijiste: «Hannes, es mejor que por un tiempo no nos veamos» —hizo una pausa. Sus labios le arrancaron una sonrisa a su rostro lívido—. Pues bien, Judith, ahora te pregunto: ¿cuánto tiempo es para ti «de momento»? ¿Y cuánto es para ti «por un tiempo»? ¿Veintitrés días y setenta y cinco...? No —miró el reloj—. ¿Y setenta y seis minutos? Yo diría que eso es mil veces más tiempo que «de momento». Ya no es «un tiempo», es una eternidad. Mírame, Judith, mira mis ojos cansados. Lo que estás viendo son veintitrés días y setenta y seis minutos. ¿Cuánto tiempo más piensas mantenerme en vilo?

Ella: —No te das cuenta de la realidad, Hannes. Necesitas un médico, estás enfermo, estás loco.

Él: —Tú acabarás por volverme loco si sigues jugando a este juego conmigo. Me he propuesto ser paciente, incluso se lo he prometido a tu mamá y a tu papá, pero a veces, a veces...

Él cerró los puños y apretó los dientes, los pómulos se le marcaron y se le podían contar las venas de la frente.

Judith estuvo a punto de ponerse de pie de un salto y salir corriendo. Pero se acordó de Bianca y de esos tipos «que no quieren enterarse» y vuelven a intentarlo una y otra vez si no se los rechaza con la suficiente contundencia. Intentó permanecer «supertranqui» y dijo casi en un susurro:

—Lo siento, Hannes, tú me caes bien, de verdad que me caes bien, pero no te amo. ¡NO TE AMO! Nunca seremos una pareja. Nunca, Hannes, nunca. Mírame bien, Hannes: ¡nunca! Deja ahora mismo de esperarme. Y ve perdiendo la costumbre de pensar en mí. Haz el favor de borrarme de tu vida. Me entran ganas de llorar de lo cruel que suena. Y a mí misma me hace muchísimo daño oírme hablar así. Pero te lo repito para que lo aceptes de una vez: ¡bórrame de tu vida!

Él la miró de arriba abajo y meneó la cabeza. Entrecerró los ojos y dejó ver el esfuerzo que hacía por pensar. Luego volvió a sonreír encogiendo los hombros y dejándolos caer. Parecía como si por fin fuera a dar crédito a las palabras de ella, como si aquello fuese a ser un acto de liberación, pero algo dentro de él se resistía. Judith se quedó callada y observó su lucha interior con expresión petrificada.

—Judith —dijo él, casi como resultado de su reflexión—, te dejaré en paz.

Como de pasada, empezó a arremangarse la camisa.

—Por fuera te borro, te lo prometo, y te dejaré en paz.

Apoyó los antebrazos sobre la mesa, con el lado velludo hacia arriba.

—Pero por dentro —dijo temblando, patético—, por dentro sigues viviendo conmigo.

Volvió los brazos con un gesto ostensible. Judith los contempló horrorizada. Largas estrías rojas recorrían la cara interna de los antebrazos, demasiado profundas y simétricas para ser arañazos de gato.

—¿De qué son esas heridas? —preguntó Judith.

El temblor de su voz fue para él como un balsamo para las heridas y le hizo esbozar una sonrisa benévola, radiante de felicidad.

—Por dentro los dos estamos inseparablemente unidos —dijo—, y ahora eres libre.

4.

El único sentido de los siguientes días —para ella agosto había llegado de forma casi insuperablemente alarmante— consistió en transcurrir. Judith estaba ocupada sin cesar en matar de inanición al intruso en su cabeza. Tanto es así que en ocasiones se olvidaba de comer ella misma. Por las noches, por temor a soñar con antebrazos, se quedaba con la vista clavada en las luces de su lámpara de codeso de Rotterdam hasta que se le caían los párpados.

Para Gerd, con sus diarios intentos de entrar en contacto con ella, era tan inaccesible como para todos sus otros amigos, que poco a poco empezaban a preocuparse por ella, poco a poco y demasiado tarde. Judith permanecía en el exilio interior y esperaba con terror los nuevos ataques de Hannes, en permanente alerta y con la implacable voluntad de matarlo con la indiferencia.

Por aquellos días, él le dejaba de vez en cuando un mensaje en el buzón de voz, en general por la tarde, por suerte nunca por la noche. En cuestión de segundos ella borraba el mensaje sin escucharlo. Trataba de convencerse a sí misma de que si no había ningún cambio en la práctica ritual de él en esas pequeñas dosis —con una comunicación al día, que permanecía oculta en la diminuta tarjeta SIM de un móvil inanimado—, ella pronto volvería a llevar una vida normal. Luego regresaría como nueva con sus amigos y con la familia, y diría: «Aquí estoy de vuelta, ha sido sólo una pequeña crisis. No es de extrañar, el calor, el estrés, ya saben». Y ellos replicarían: «Qué bien que ya hayas vuelto, Judith. Y ahora concédete unas vacaciones bien bonitas. Ya no tienes nada que temer. ¡Todos estamos contigo!».

Aún faltaba, aún andaba a tientas por el túnel estrecho y oscuro, pero ya entraban tenues rayos de luz, y en un pequeño atisbo de euforia hizo una reserva para volver a disfrutar de sus habituales paseos, esta vez durante una semana a Ámsterdam, a finales de agosto. Allí podría alojarse en casa de unos amigos que no sabían nada de Hannes (y a lo sumo se enterarían de que cada día un maniático obsesionado con ella le decía algo intrascendente en el buzón de voz).

Dos días después estuvo demasiado imprudente y, cuando despachaba la correspondencia comercial, abrió un sobre sin remitente. En estado de shock, tras haber reconocido que la carta era de él, cometió su segundo error grave: la leyó, línea a línea, hasta la última palabra.

El texto estaba redactado en estilo protocolar y al principio aparentaba una engañosa objetividad:

«Doce de agosto, siete de la mañana, se enciende su radiodespertador. Según el reloj de él, faltan seis minutos para las siete. El de ella adelanta, la hora exacta es la de él. Se ducha, es maravilloso cómo corre el agua fresca por su cuerpo suave y delicado. Ella piensa intensamente en él. Él en ella, siempre.

»Siete y cuarenta y tres. Sale de casa. Vestido ceñido de verano color verde pálido. Pelo rubio dorado desmelenado. Aparenta veinte. La mujer más hermosa del mundo. Pero su cara es demasiado seria y triste. (Teleobjetivo, ¡en el fondo eres un teleobjetivo pesimista!) Ella nota su ausencia. Lo echa de menos.

»Siete y cincuenta y siete. Abre la tienda de lámparas, el bolso verde esmeralda se le cae del hombro delgado. Está distraída, inquieta, nerviosa. No está a lo que está. Piensa en él. Él en ella, siempre.

Doce y catorce. Sale de la tienda. Mira a la izquierda, mira a la derecha. Lo busca. Él está muy cerca.

Ella podría tocarlo. Él la ama más que a nada en el mundo. Seguro que ella a él también. Seguro. Seguro. Seguro.

Doce y veinte. Entra en el banco. ¿A retirar dinero? Él le daría el suyo. Él no necesita dinero, tan sólo su amor.

Doce y veintisiete: sale del banco. Él le tira besos. Ella intuye su proximidad, siente su aliento, lo busca. Está confusa.

Doce y treinta y cinco: vuelve a meterse en la tienda. Él la saluda con la mano. Ella no puede verlo, pero sabe que está cerca. Él la protege. Mantiene alejado de ella todo lo malo.

Diecisiete horas: sale de la tienda. La perseverancia ha merecido la pena. Perseverar siempre merece la pena. La paciencia y la lealtad son la esencia de la vida, el abono del amor. Qué interesante, esta vez elige otro camino. La Goldschlagstraße. La Tannengasse. La Hütteldorfer Straße. Vuelve la cabeza hacia él. Él siente la corriente de aire que produce. Ella piensa en él. Él en ella, siempre.

Diecisiete y veintitrés: entra... huy, huy, huy, entra en una agencia de viajes. Él se queda de piedra. ¿Querrá sorprenderlo? ¿Una segunda Venecia? Seguro que ella lo quiere. Él a ella más que a nada.

Diecisiete y cuarenta y dos: sale de la agencia de viajes. Sonríe. Se ilusiona. Piensa en él. Lo quiere. Qué pena. Qué pena. Qué pena. Ahora él tendrá que perderle la pista unos minutos. Ahora ella tendrá que volver a casa sin él. Ahora él entra en la agencia de viajes...

Dieciocho horas: aquí concluyen los apuntes del día. Él se quedará cerca de ella. El amor los enlaza. La eternidad los une. Ella es su luz y él es su sombra. Nunca más podrán existir separados. Cuando ella respira, él respira.

Él velará su sueño. Ella inhala su cercanía. Él se ilusiona. Se ilusiona. Se ilusiona con Ámsterdam en pareja.»

Bianca: —¿Se encuentra mal, jefa?

Ella: —No, es sólo un bajón de tensión.

Bianca: —¿Quiere un Red Bull? Yo siempre bebo Red Bull cuando la cabeza me da vueltas.

Judith estaba hundida en la silla de oficina, con los ojos clavados en la bola arrugada de papel que había dentro de la papelera. La carta que acababa de leer no existía. El hombre que la había escrito no existía. Tachar. Suprimir. Olvidar. Borrar. Quemar. Esparcir las cenizas en el aire.

—¿O es por su ex novio? —preguntó Bianca.

Judith se enderezó y miró sorprendida a su aprendiza.

Bianca: —Sigue superpesado, ¿no?

Judith: —Sí.

Bianca: —Hay algunos que no veas lo que tardan en enterarse.

Judith: —Me vigila. Me sigue a cada paso. Sabe todo lo que hago.

Bianca: —¿De veras? Jo, qué fuerte. Como un fantasma.

Judith: —¿Bianca?

Bianca: —¿Sí, jefa?

Judith: —¿Le importaría acompañarme a casa?

Bianca: —No, para nada. Y si lo vemos, le decimos que se vaya a la mierda. Algunos sólo entienden este lenguaje.

Bianca le mostró a Judith el dedo corazón levantado.

—Subiré con usted en el ascensor. Por si las moscas. Una vez vi una peli donde el tío esperaba en el ascensor, cogía a la mujer por detrás y la estrangulaba. Con una corbata roja, creo —dijo Bianca.

—Una película fantástica —replicó Judith.

Cuando apenas acababa de reponerse un poco del informe de vigilancia, ya había una aterradora bolsa de plástico colgada del picaporte. Judith retrocedió espantada y se aferró al brazo de Bianca.

—Creo que mejor me quedo un rato más con usted, hasta que se tranquilice, jefa —dijo Bianca—. Podemos pedir sushi.

Ella: —Sí.

Bianca: —¿Quiere que mire a ver qué hay en la bolsa?

Ella: —No, no quiero saberlo.

Bianca: —A lo mejor sólo es publicidad y se altera usted por nada.

Ella: —Quiero que me dé igual lo que hay.

Bianca: —Pero no le da igual. Parece usted superhecha polvo, de veras.

Bianca se quedó unas horas. Su presencia le hacía bien. Probó sombras de ojos, máscaras de pestañas y esmaltes de uñas, montó un pequeño desfile de modas con el guardarropa de Judith y se quedó con tres camisetas y un vestido corto, cuyas costuras probablemente no resistirían su busto más allá de las tres próximas comidas.

—Seguro que no es un asesino en serie, creo yo —consoló a su jefa, que la miraba comer sushi—. Hablando con él, la verdad es que es supersimpático. No es capaz de matar una mosca. Simplemente está supercolado por usted y ahora se le ha ido un poco la olla. Ya se esfumará algún día.

Judith: —¿Tú crees?

Bianca: —¿Se ha acostado con él?

Ella: —Pues claro.

Bianca: —Quizá no tendría que haberlo hecho. Ahora seguro que está pensando en eso todo el rato.

Ella: —Bianca, sí que quiero que tú... que usted...

Bianca: —Si quiere, puede tutearme, jefa, la verdad es que todos mis amigos me tutean.

Ella: —Gracias, Bianca. ¿Puedes ver qué hay en la bolsa que está colgada en la puerta?

Bianca sacó una carta y una cajita.

—Hay un corazón dibujado. ¿Quiere que se la lea? —Judith se mordió los labios y asintió con la cabeza. Bianca leyó—: «Amor, ¿por qué no escuchas tu buzón de voz? ¿Cómo están nuestras rosas? ¿Ya se han secado? Seguro que resolviste el acertijo hace tiempo. Era fácil. Aquí te doy lo que falta. Es mejor para mí que lo tengas tú. Ahora voy a retirarme definitivamente. ¡Palabra de honor! Sí, eres libre, amor. Tuyo, Hannes».

Bianca agitó la cajita.

—Piedrecitas o algo así —dijo.

En la tapa decía: «Pregunta: ¿Qué tienen éstas y éstas y estas rosas en común? Respuesta: No tienen...». Bianca abrió la caja.

—¡Espinas! —exclamó.

—Espinas —murmuró Judith.

—¿Es malo, jefa? —preguntó Bianca.

Judith rompió a llorar con fuertes sollozos. «Espinas»... al mismo tiempo tenía ante sí la imagen de sus antebrazos arañados.

—Si quiere, puedo quedarme a dormir aquí esta noche, jefa —dijo la aprendiza.

Fase siete

1.

Habían pasado tres semanas. Quinientas horas. Dieciocho veces a pie a la tienda. Dieciocho veces de vuelta a casa. Más de dos docenas de veces abrir el portal, abrir la puerta, entrar en el piso, cerrar la puerta con cerrojo, registrar la terraza, mirar debajo de la cama, no olvidar el armario.

Tres semanas. Mil esfuerzos dobles para Judith. Mil veces sobreponerse, a sí misma y a la invisible sombra de él. Más de dos docenas de veces bajar las persianas, desnudarse, entrar en la ducha, salir de la ducha, volver a mirar debajo de la cama, levantar la manta, palpar la almohada. Acostarse. Cerrar los ojos. Abrirlos de golpe. ¡La cafetera eléctrica! Saltar de la cama. Correr a la cocina. La cafetera eléctrica. ¿Estaba en el mismo sitio? ¿No estaba un poco más a la izquierda?

Tres semanas. Veintiocho horas extras para la guardiana Bianca. Un viaje a Ámsterdam cancelado. Un bautizo anulado. (Veronika, la sobrina, cuatro kilos veinte, sana. Hedi bien, Ali feliz. Por lo menos Ali.) Una breve visita a la comisaría de policía:

—¿La ha golpeado? ¿No? ¿La ha amenazado? Tampoco. ¿La persigue? ¿Sí? Muy bien, acoso. Tenemos leyes muy estrictas. ¿Qué datos puede aportar? ¿Qué pruebas tiene contra él? Espinas. Ya. Una carta, muy bien. ¿Dónde está? La ha tirado. Eso está mal. Muy mal. Guarde la siguiente carta y tráigala.

Tres semanas. Ninguna llamada. Ningún SMS. Ningún e-mail. Ninguna carta. Ningún recado. Ninguna rosa. Ninguna espina.

Bianca: —Se ha dado por vencido. ¿Apostamos?

Judith: —Pero tiene que estar en alguna parte.

Bianca: —Bueno, en algún sitio tiene que estar. Pero lo importante es que se ha ido, jefa. ¿No cree?

2.

El primer viernes de septiembre, cuando el verano se despedía sofocante, sobre las tres de la tarde una mujer pálida y fotofóbica, que le sonaba de algo, le tendió la mano en la sala de ventas.

—Wolff, Gudrun Wolff —dijo—, perdone la molestia, pero a lo mejor nos puede ayudar, la señora Ferstl y yo estamos preocupadas y pensamos que...

«¿Nos conocemos?», quería preguntar Judith. Pero su sospecha, que se confirmó de inmediato, era tan terrible que le falló la voz. La mujer estaba en el bar Phoenix y la había saludado con la mano. Era una de las dos compañeras de Hannes.

—Estamos preocupadas por el señor Bergtaler. Lleva semanas sin aparecer por el despacho. Y tampoco ha llamado. Y hoy...

Judith: —Lo siento, me es imposible ayudarla, tiene usted que entenderlo.

Trató de llevar a la mujer a la salida. Pero ésta ya había extraído un trozo de papel arrugado de un rígido bolso cuadrado color crema.

—Y hoy hemos recibido esta carta suya —dijo, agitando el papel en el aire, como si quisiera ahuyentar a los malos espíritus—. «Lamento tener que deciros adiós», escribe. «Pronto seguiré existiendo sólo sobre el papel...» —Gudrun Wolff hizo una pausa para respirar. Su voz se volvió teatral y llena de reproches—: «Pronto seguiré existiendo sólo sobre el papel. Y en el corazón de mi adorada, el amor de mi vida», escribe. Nada más. Como es natural, ahora la señora Ferstl y yo estamos preocupadas por él y pensamos, como usted es casi la única...

—Lo siento, no puedo ayudarla. He perdido el contacto con el señor Bergtaler hace ya varias semanas, lo he perdido por completo —dijo Judith, y trazó en el aire una enérgica línea con las yemas de los dedos.

—¿Va todo bien, jefa?

Bianca se puso a su lado, para cogerla si se caía.

Judith: —Ya no tengo absolutamente nada que ver con él, lo siento.

Gudrun Wolff: —Pero tal vez sepa usted...

Judith: —No, no lo sé, ni quiero saberlo.

Bianca: —Me parece que mi jefa no se encuentra bien. Será mejor que se marche.

Gudrun Wolff: —Espero que a él no se le ocurra hacer un disparate.

3.

Después de cerrar la tienda, Judith huyó de la ciudad. Bianca le ayudó a hacer las maletas, la acompañó hasta el coche, echó un último vistazo a las calles laterales y dijo:

—No hay moros en la costa, jefa, puede irse.

A su hermano le había enviado un sucinto SMS: «Querido Ali, querida Hedi, llegaré a vuestra casa a última hora de la tarde. ¿Puedo quedarme hasta el domingo? No seré una carga para vosotros. Judith».

Al atardecer, cuyos resplandores de color violeta azulado presagiaban una noche de tormenta, ya había llegado a la vieja finca de Mühlviertel. Veronika, la niña, le chilló desde lejos. Ali trató de dar una cálida bienvenida a su hermana. Parecía cansado e imperturbable, probablemente había vuelto a tomar medicamentos.

—¡Esto sí que es una sorpresa! —dijo, sin precisar si era buena o mala.

Durante unas horas estuvieron sentados alrededor de la mesa y, esforzándose a conciencia para evitar que se hicieran pausas angustiosas, hablaron sobre lo esencial de lo obvio, sobre el difícil nacimiento de Veronika, su duro presente y su incierto futuro. Además hubo fotos, imágenes en directo del pecho de Hedi y estridentes sonidos de fondo desde la cuna.

Judith esperó con paciencia a que le preguntaran por qué había venido, cómo estaba, qué le pasaba, por qué parecía tan abatida, cómo se sentía. Pero Ali no lo hizo. Para él, Judith siempre había sido la única persona a la que nunca podía irle peor que a él. Si alguna vez ella llegaba a salirse de su papel, el poroso mundo de Ali comenzaría a desmoronarse.

Había dejado su trabajo como fotógrafo de farmacias.

Judith: —¿Por qué?

Ali: —Era pura terapia ocupacional. Ya no podía aceptarlo.

Hedi: —Tú lo conoces, tiene su orgullo. Habría sido diferente si las cosas entre tú y Hannes... ya sabes.

Judith: —Sí, lo sé.

Ali: —Pero no te lo tomes como un reproche.

Él le pasó los dedos por el antebrazo con ternura.

Judith ya había tomado la decisión de volver a casa aquella misma noche. Pero de repente se encontró con un invitado sorpresa... un invitado sorpresa que la miró tanto tiempo, con tanta insistencia y tan preocupado a los ojos que ella no pudo evitar que se le llenaran de lágrimas.

—Me alegro de que hayas vuelto con nosotros, Judy —dijo Lukas Winninger, como si ya fuera un miembro de la familia.

Él no ocultó lo que pensaba:

—Oye, no se te ve muy bien que digamos. Estás pálida, tienes las mejillas hundidas. Pareces hecha polvo. ¿Tienes problemas?

Judith: —Se puede decir que sí.

Ella sonrió por Ali.

Lukas: —¿Qué ocurre? ¿Problemas con tu novio?

Judith: —Ex novio.

Lukas: —¿Te dejó?

Judith: —No, más bien al revés.

Lukas: —Anda, cuenta.

Judith: —Tendría que empezar de muy lejos. No creo que tengas tanto tiempo.

Lukas: —Uno siempre tiene el tiempo que se toma.

—¿No os enfadáis si os dejo solos, verdad? —dijo Ali.

A fin de evitar una respuesta, le dio a su hermana un beso apresurado en la frente.

Judith no se despertó hasta el mediodía. Había dormido de un tirón y sin sueños. Durante la noche, el otoño había aparecido por arte de magia y el año se había cargado de aromas que no tenían nada que ver con Hannes. El tibio naranja del sol se reflejaba en la ventana abierta. Una luz similar producía el plafón rojo claro de Cracovia, que colgaba en el escaparate de su tienda de lámparas.

Cinco horas habían pasado juntos, ella y Lukas. «Ya se nos ocurrirá algo», habían sido las últimas palabras de él. «Ya se NOS ocurrirá algo.» Se lo había prometido. Y cuando Judith siguió el aroma del café, Lukas ya estaba reclinado en el armario de la cocina y le sonrió dándole ánimos.

Ella: —¿Vives aquí?

Él: —A veces, en ocasiones especiales.

Ella: —Lukas, no quiero que por mi culpa tú...

Él: —Dos cucharadas de azúcar, ¿sin leche?

4.

De vuelta en Viena, respaldada por Lukas y acompañada por Bianca, se juró declarar la guerra a Hannes Bergtaler. ¿Cómo deshacerse de la sombra de él? «Engañándolo» (Lukas). Sólo tenía que esperar con paciencia, hasta que volviera a aparecer. Para demostrar sus renovadas fuerzas, para provocar a Hannes y, en el mejor de los casos, para hacerlo salir de su escondite, incluso se puso un par de veces su feo anillo de ámbar.

—¿Es un talismán? —le preguntó Bianca.

Ella: —No, más bien un arma.

Bianca: —Yo para eso me compraba un puño de acero, jefa.

Pasaron dos semanas más sin sorpresas ni indicios de Hannes. Por su desasosiego, Judith creyó intuir que no tardaría en llegar el momento. Esta vez quería adelantarse a él.

—Llamémoslo al despacho sin más —le sugirió Bianca.

Judith: —¿Lo harías tú?

Bianca: —Pues claro, a mí también me interesa un montón saber qué ha sido de él. Es que no creo que se haya suicidado por usted. Los hombres sólo dicen eso para darse importancia.

Judith: —¿Y qué haces si responde él?

Bianca: —Le digo: Perdón, he marcado mal. No me reconocería nunca. Sé disimular superbien mi voz. Puedo hablar como Bart Simpson.

Beatrix Ferstl, la compañera de trabajo de Hannes, cogió el teléfono.

Bianca: —Con el señor Bergtaler, por favor...
—su voz se parecía más a la de Mickey Mouse que a la de
Bart Simpson—. Ya, ¿y cuándo vuelve?... ¿De baja por
enfermedad?... Todavía está vivo —le susurró a Judith.
Y luego continuó con la voz del ratón Simpson—: ¿En el
hospital?... ¿Y qué tiene?... Ya... Ya, ¡madre mía!... Ya...
No, la hija de un conocido suyo... No, no es necesario.
Llamaré cuando salga... mmm... ¿cuándo sale?... ¿Y en
qué hospital?... Joseph. Ya... ¿Con «f» o con «ph»?... Ya...
Ya... Gracias, adiós.

—¿Y? —preguntó Judith.

Bianca: —Bueno, está en el Hospital Joseph, con
una enfermedad desconocida. Tiene que quedarse por lo
menos dos semanas y no puede recibir visitas. De todas
formas no queríamos ir a visitarlo, ¿verdad?

Judith: —No, no queremos.

Bianca: —¿Por qué está tan hecha polvo, jefa? Si
él está en el hospital, no nos molesta. Tal vez se enamore
de una enfermera, y usted se libre de él para siempre.

Judith: —Una enfermedad desconocida... eso no
suena bien.

Bianca: —Seguro que tiene la gripe aviar. O la
enfermedad de las vacas locas. ¿O piensa que es sida, jefa?
No lo creo. No es un drogadicto. Y tampoco es gay, ¿verdad? Como mucho, bi. Pero por si acaso debería usted hacerse la prueba del sida. Yo también me la he hecho. Le
sacan un poco de sangre. No duele para nada. No tiene
que mirar. Bueno, yo sí miro...

—Gracias, Bianca, ya puedes irte. La verdad es
que me has ayudado mucho —dijo Judith—. Me alegro
de que estés aquí.

5.

De camino a casa después de cerrar la tienda, en la penumbra de un ventoso atardecer de otoño, a Judith le asaltó el miedo a la incertidumbre. En la escalera, mientras esperaba el ascensor, le pareció oír unos gemidos que venían de arriba. Presa del pánico, salió del edificio, se mezcló con los transeúntes, llamó a Lukas e, interrumpida por ataques de llanto, le contó de la supuesta enfermedad de Hannes y su ingreso en el hospital, que se contradecía con la intuición que ella tenía y con los gemidos en el hueco de la escalera.

En dos horas, él podía estar en Viena.

—No, Lukas, no es necesario —dijo ella.

Sí que lo era. Y de todos modos él no dejaría de ir por nada del mundo. Lo único que debía hacer ella era resisitir esas dos horas. En un nuevo intento de ser valiente y estar preparada para todo, llegó casi hasta el portal. Allí dio media vuelta y salió corriendo hacia la estación de metro, donde había más luz. Ni en plena calle se sentía segura. La sirena de una ambulancia le dio un susto de muerte. Probablemente estaban trayendo a Hannes a la casa de ella o, peor aún, llevándoselo de allí.

Subió a un taxi, llamó a su madre, le dijo que por casualidad estaba cerca de su casa y quería hacerle una breve visita, que si le venía bien.

—¿Sigues viva? —le preguntó mamá. Y justo a tiempo añadió—: Desde luego, hija, ya sabes que siempre puedes venir.

Mamá tenía mal aspecto, como si su padre acabara de dejarla en buenos términos, y no hizo falta ni siquie-

ra una insinuación para hacerle sentir a su hija que ella tenía la culpa. Como castigo, Judith tuvo que leerle en los
prospectos las dosis y los efectos secundarios de medicamentos recetados para la ceguera, el infarto de miocardio,
el duelo y otras cosas por el estilo. Por lo menos no se
mencionó una sola palabra acerca de Hannes. Judith miraba
el reloj a cada minuto.

—¿Ya te vas? —preguntó mamá.

—Sí, he quedado con Lukas —respondió Judith.

—¿Lukas? —por fin una abierta acusación con
nombre propio—. ¿Por qué con Lukas?

—¿Por qué? Porque es un amigo y, como es sabido, los amigos se ven de vez en cuando —contestó Judith
con malicia.

—¡Lukas tiene una familia!

—No, mamá, no pienso discutir esto ahora contigo —replicó Judith, se puso de pie de un salto y cerró
la puerta tras de sí.

Permaneció unos minutos fuera, consciente de su
estado lamentable, luego volvió a llamar a la puerta.
Mamá abrió titubeante, tenía los ojos hinchados. Judith
se echó en sus brazos y se disculpó.

—No estoy pasando por una buena etapa —dijo.

—Sí, lo sé —respondió mamá.

Se hizo una breve y abrumadora pausa.

Judith: —¿Cómo lo sabes?

—Se te nota en la cara, hija —contestó mamá.

6.

Se encontraron en el Iris. Lukas ya estaba allí y acababa de terminar una llamada. Ante él había un vaso de Aperol iluminado por una vela de mesa, que le confería un resplandor naranja rojizo a su anguloso rostro. Al saludarla, le puso las palmas de las manos en las mejillas, en un gesto de protección y ternura al mismo tiempo. ¿Por qué ella no tenía un hombre así por marido?

—Judy, no tienes por qué preocuparte, es cierto que él está en el Hospital Joseph —dijo.

Habían dicho que un tal Hannes Bergtaler había ingresado el lunes pasado. No estaban autorizados a dar información sobre la unidad en que se encontraba, el motivo de la hospitalización, el diagnóstico ni su estado de salud. Así lo había dispuesto el propio paciente.

—Lukas, ¿tengo una manía persecutoria? —preguntó Judith.

—No.

Ella: —¿Por qué creo que él está allí dentro por mí y que por mí se encarga de que no se sepa por qué?

Lukas: —Porque quizá sea cierto.

Ella: —Sí, justamente: quizá.

Lukas: —Quizá con eso sea suficiente.

Ella: —Pero quizá es verdad que está muy enfermo y necesita ayuda.

Lukas: —Quizá quiere que tú pienses exactamente eso, y si es posible, sin parar.

Ella: —Quizá...

Lukas: —En todo caso te obliga a ocuparte de él.

Ella: —Y yo te obligo a ocuparte de mí.

Él: —No, Judy, tú no me obligas, yo lo hago voluntariamente, y me gusta hacerlo. Ésa es la diferencia.

La diferencia se prolongó hasta que cerró el Iris. Judith había bebido más de lo que toleraba su cuerpo. Lukas simuló que estaba sobrio a pesar del Aperol y el vino. Un par de veces se le escapó el brazo y le rodeó los hombros a Judith, pero se quitó de inmediato. En todo caso, la distrajo de Hannes con discreta seducción, o al menos con seductora discreción. A ratos suspiraban o se sonreían satisfechos por su íntimo pasado perdido. ¿Y qué opinaba Antonia de que él emprendiera un éxodo rural y familiar para ofrecer consuelo espiritual, siguiendo su instinto de protección, y trasnochara con su paranoica ex novia en bares poco iluminados de Viena? Lukas aseguró que para ella no había problema:

—Ella sabe lo amigos que somos, Judy. Y también sabe que yo nunca abusaría de tu confianza.

—¿Y de la de ella? —replicó Judith.

—De la de ella por supuesto que tampoco.

Esa frase, pronunciada por esos labios, era más erótica que cualquier susurro de amor.

Juntos fueron tambaleándose hasta la casa de Judith. Sólo se produjeron roces en los choques y en el intento final de despedirse con un beso en la mejilla.

—¿Quieres subir? Puedes dormir en el sofá del salón —balbuceó Judith.

No, gracias, Lukas tenía disponible el piso cercano de un compañero que estaba de viaje, y de todos modos necesitaba seguir tomando aire fresco unas manzanas más. Sólo iba a esperar hasta que se encendiera la luz arriba, para estar seguro de que Judith había llegado a su piso.

Judith dejó el ascensor a su izquierda y subió dando tumbos la escalera de caracol. En cada piso se detenía para ver si oía gemidos u otros sonidos. Cuando llegó al ático, alguno de sus órganos sensoriales percibió que algo era diferente de lo habitual. Por prevención, cogió aire para poder proferir el grito con el que hacer frente a tiempo a su causa. Pero cuando vio la nota en su puerta, enmudeció: un recuadro negro y una cruz en el centro... era una esquela mortuoria. Presa del pánico, dio medio vuelta. No necesitaba leer el nombre, hacía mucho que se había grabado a fuego en su cerebro. Se apresuró y bajó a trompicones, los escalones retumbaban a su paso.

—¡Lukas! —gritó.

—¿Qué ha ocurrido?

Por fin el portal estaba abierto.

—¡Creo que Hannes está muerto! —exclamó, y se desplomó en los brazos de Lukas.

Él tuvo que darle media hora para que se tranquilizara, y otra media hora más para que se atreviese a volver a subir hasta la puerta, esta vez de su brazo.

—Helmut Schneider —leyó Lukas en la esquela, como si eligiera como ganador al único digno. Judith estaba parapetada tras su espalda—. Judy, el muerto es otro. Helmut Schneider. ¿Conoces a un tal Helmut Schneider? ¿Conoces esta cara?

—Mi vecino —murmuró Judith—. Un pensionista... Pero ¿cómo ha llegado eso a mi puerta? Casi nunca he visto a ese hombre. ¿Por qué está esa nota colgada en mi puerta justo ahora? No es ninguna coincidencia.

—Es probable que la nota esté en todas las puertas —replicó Lukas—. ¿Vamos a ver?

—No, no quiero ir a ver. Quiero que la nota esté en todas las puertas. Y no quiero seguir teniendo miedo. Estoy harta de tener miedo. Quiero dormir y soñar cosas bonitas. Y quiero despertarme y pensar en algo bonito. ¿Puedes quedarte en casa, Lukas? Sólo hasta que amanezca. Quédate, ¡por favor! Sólo por esta vez. Puedes dormir en el sofá del salón. O tú duermes en mi cama y yo en el sofá. O al revés. Como quieras.

A la mañana siguiente eran dos las cabezas doloridas. A Judith el café la puso en marcha enseguida.

—Lukas, creo que debo volver a verlo.

—¿De verdad? ¿Será prudente?

—Tengo que hacerlo. Si no, veo fantasmas.

—¿Qué piensas decirle?

—Ni idea. Da igual. Cualquier cosa. Lo importante es que lo vea. Así no me dará tanto miedo.

—¿Quieres que te acompañe?

—¿Lo harías?

—Si es mejor para ti.

—Quizá podrías venir más tarde a recogerme.

—Como quieras.

—Sí, creo que es eso lo que quiero.

—¿Y cómo te pondrás en contacto con él?

—Lo voy a llamar, hoy mismo o mañana.

—Judy, está en el hospital.

—¡Ah, sí!, se me había olvidado. Mierda.

Fase ocho

1.

24 de septiembre, siete de la mañana. Se enciende
su radiodespertador. Y ahora el tiempo. Ella se asusta.
Baja presión. Se tapa la cabeza con la almohada. Negro
sobre gris. ¡Deprisa!, ¡piensa en algo bonito, Judith!

Siete y dieciséis. Ya está lo bastante despierta para
no querer despertarse. Ningún estímulo. Ningún motivo
para abrir los ojos. ¿Qué echa de menos? ¿Echa de menos a
alguien? ¿Echa de menos al hombre a su lado, el protector,
el que siempre está ahí para ella? ¿El que la toma en sus
brazos? El que la acaricia. El que la estrecha contra su pecho. El que la cubre con su cuerpo. El que la hace sentirse
a sí misma, con mucha intensidad. El que la hace respirar
fuerte. Respirar y temblar de alegría y emoción. ¿Echa de
menos la emoción? ¿Ya no tiene ganas de nada? ¿Nada más
que pensamientos oscuros, negro sobre gris?

Huye a la ducha. Agua caliente. El baño lleno de
vapor. La puerta está cerrada. Nadie puede entrar. Se queda a solas consigo misma. En el espejo: treinta y siete años.
Una mujer bonita con un rostro bonito. Un rostro bonito
con feas arrugas de miedo. Cubrirlas con maquillaje. Estar
en condiciones para trabajar. A la altura de la vida cotidiana.
Venga, ponte ese horrible jersey marrón, nadie te descubri-
rá con él. Entra en los tejanos antes ajustados. Te cuelgan de
las caderas como una bolsa vacía.

Siete y cuarenta y seis. Gruesa chaqueta verde de
otoño. La mujer de pelo dorado sale de la casa. Mira a la
izquierda. Mira a la derecha. Respira hondo. ¡Bien hecho, Judith! Te lo has quitado de encima. Te has librado
de él. Puedes seguir adelante. No hay nada que temer.

Estás completamente sola. Tienes que arreglártelas. Un día fresco, una vida fría.

Siete cincuenta y nueve. Genuflexión ante la tienda. Ella rebusca en su bolso negro. ¿Dónde está la llave? ¿Ella no la habrá...? ¿Él no la habrá...? La encuentra. Abre la tienda de lámparas. ¿Alguna sorpresa? ¡Nada! Respira hondo. Deprisa enciende todas las luces. La cafetera. El hilo musical. Se calienta los dedos entumecidos bajo la araña ovalada de cristal de Barcelona, la más hermosa de sus piezas. Allí empezó todo. ¿Lo recuerda? ¿Qué ha sacado de eso? ¿Qué ha sido de ella? De ella y de él. De él. ¿Adónde se ha ido su perseguidor? Ella lo siente, no puede estar lejos. Está dentro de ella. ¿Dónde la persigue? ¿Adónde lo sigue ella? ¿Quién fue el primero?

2.

A la hora de comer, Bianca, que el fin de semana se había enamorado y había venido con las mejillas coloradas (por primera vez sin maquillar), tuvo que sujetarle una mano. Con la otra, Judith marcó el número del despacho de Hannes. Contestó Beatrix Ferstl. Hablaba en tono despectivo, como una secretaria sentada en el regazo de su jefe, que «por desgracia está fuera». ¿Quería que le diera algún recado al señor Bergtaler?

—¿Es que ya no está en el hospital? —preguntó Judith.

¿En el hospital? Ella le rogaba su comprensión, pues esa información confidencial de carácter privado...

—¿Puede decirle que me llame hoy mismo?

Lo veía difícil. Pero con gusto tomaría nota de su número de teléfono.

—Él ya lo tiene.

Bien, pero si de todos modos ella fuera tan amable... ¿Y cómo era su nombre?

—Judith. Judith era mi nombre. Nos vimos una vez en aquel bar, en primavera, en el Phoenix. ¡Y su compañera, la señora Wolff, creo, vino a verme hace un par de semanas a la tienda!

—¿Judith qué más?

—¡Nos conocemos!

—¿Judith qué?

—Con Judith basta.

—Bueno, señora... mmm... Judith. Pero no puedo prometerle...

—No hace falta que me prometa nada. Basta con que le diga a él que me llame.

—¿De qué asunto se trata?

—¡De uno urgente!

—Perdone, ¿de cuál?

—Del mío.

3.

La noche del cuarto día que pasaba sin que Hannes le devolviera la llamada, Gerd la invitó a cenar a su casa. También estaban los otros amigos de su vida anterior. No sólo no había justificación para aquella reunión, según quedó demostrado, tampoco había una verdadera razón. Ya al saludarse, Judith notó que algo les pasaba a todos, y a todos lo mismo. Sus apretones de manos eran suaves, sus besos, punzantes como alfilerazos. Le sonreían con un deje amargo extrafino y bajaban el tono de sus palabras a la mitad del volumen cuando hablaban con ella.

—Me alegro de que hayas venido, Judith —principió Gerd, patético, como si ella se hubiese levantado viva de la tumba.

Después de unas cuantas fórmulas de cortesía al servicio de la turbación, hasta que por fin cada uno tuvo entre los dedos su copa de Prosecco, la conversación se perdió en las primeras mellas de las dentaduras de Mimi y Billi, los niños que mantenían unidos a Ilse y Roland. Luego Gerd sirvió los ñoquis de calabaza de soltero, al ritmo al que el microondas se los arrancaba al congelador. Lara, que ya había dejado de hacer manitas con Valentin y ahora le golpeaba el hombro con el puño cada vez que él hacía un comentario machista, elogió el bonito vestido violeta de Judith, que pegaba a la perfección con sus zapatos, y preguntó de qué marca era, de qué cadena procedía, a qué precio podía adquirirse, en qué tallas estaba disponible, qué surtido de colores se ofrecía, si sería verdad que lo cosían en Taiwán y si merecía la pena coser vestidos en Taiwán y enviarlos al rico Occidente, con qué salarios y en qué condiciones los costureros taiwaneses... Por fin vinieron a parar a la miseria en el mundo. Para ser consecuente, a Judith habría que haberle arrancado el vestido del cuerpo.

Cuando la noche parecía estar llegando a su punto culminante (a su fin), en la exaltación de una ligera embriaguez, Ilse se permitió hacer un comentario del que se arrepintió enseguida:

—Y según he oído, tienes un nuevo amante, ¿no?

Judith: —¿Yo? ¿Quién ha dicho eso?

Ilse: —Bueno, quizás no eran más que cotilleos, ya sabes, a la gente le gusta hablar cuando el día es largo. Así que por lo visto no hay nada de cierto.

Judith: —¿A qué gente?

Como Ilse se había atragantado repentinamente, la sustituyó Roland:

—Te vieron en el bar Iris con un tipo bien parecido, nada más. Ilse habla por pura envidia, ella tiene que contentarse conmigo.

Algunos trataron de sonreír.

Judith: —¿Quién me vio?

Roland: —Por favor, Judith, no te pongas así. No hubo ninguna mala intención: una compañera de trabajo de Paul estaba allí. No sé si sabes quién es Paul. Él está con el hermano de Ilse...

Judith: —¡Lukas es un buen amigo de muchos años!

Ilse: —Disculpa, Judith, de verdad que yo no quería... tampoco tendría nada de malo...

Judith: —¡Un amigo que realmente está ahí cuando lo necesitas!

Entonces sí que se quedaron callados. Y aprovechando que estaban todos juntos sentaditos, tan abochornados, contemplando sus lágrimas como un milagro mariano, Judith continuó sin disminuir el volumen:

—Por cierto, ¿qué sabéis de Hannes? No hace falta que finjáis que de pronto ha desaparecido de la faz de la Tierra. Y bien, ¿cómo le va la vida? ¿Qué anda haciendo? ¿Dónde se ha metido?

—No, Judith, por favor, no es un buen tema para hablar ahora —respondió Gerd en voz baja, que procuraba parecer relajada.

—¿Qué quiere decir que no es un buen tema para hablar ahora? ¡Hace meses que no conozco otro mejor, ni de noche ni de día!

—Hace mucho que no lo vemos —dijo Valentin en tono ofendido—. ¿Ya estás tranquila?

No, estaba furiosa.

—Podéis verlo cuantas veces queráis. Podéis ir juntos a un campamento de tenis, podéis compartir con él el piso, la vida o lo que os apetezca. Pero por favor no habléis con rodeos. ¿Qué es lo que le pasa? ¿Por qué está o estuvo en el hospital? ¿Qué dudosa enfermedad tiene?

—¿En el hospital? —murmuró sorprendido Valentin. Y en voz aún más baja—: ¿Enfermedad?

—Querida Judith —dijo Gerd. Ella le quitó la mano del hombro—. Lo único que quiere Hannes es olvidarte. Créeme, trabaja duro en ello. Y quiere que tú lo olvides. Sabe que es lo mejor para los dos.

—Hasta ha pensado en emigrar —añadió Lara.

—Excelente idea —dijo Judith—. ¿Por qué no lo hace?

Lara: —¿Por qué eres tan mala, Judith? ¿Qué te ha hecho aparte de amarte?

Judith: —¡Esto ha hecho! —su dedo índice fue dirigiéndose de una persona a otra—. ¡Y esto! —dijo señalándose a sí misma—. Y os aseguro que aún sigue haciéndolo.

La mayoría se quedaron turbados, mirando su plato de postre vacío. Poco después, la puerta se cerró de golpe.

4.

La noche del sexto día que pasaba sin que él le devolviera la llamada, ella escuchó por primera vez su voz. Estaba tumbada de espaldas en el sofá del salón, bajo la luz de su codeso de Rotterdam, esperando que se le cerraran los ojos. Las noches anteriores, ese método había resultado el más efectivo para llegar a dormir al menos un par de horas, antes de que el alba la librara de su terror a las sombras.

Primero fueron ruidos, como si alguien hiciera vibrar chapas dentro de una cueva. Luego empezó a oírse un rumor. Por último, los siseos dieron paso a un murmullo que iba en aumento. Y de repente, la voz estaba ahí, su voz, inconfundible. «Con este gentío», dijo, como aquella vez, durante el primer encuentro en el supermercado. Las palabras resonaban en ondas de eco: «Con este gentío, estete gentíotío, estetete gentíotíotío...». En el mismo momento ella fue capaz de evaluar su propia reacción. Para su sorpresa, no fue de pánico, al contrario. La voz le resultaba familiar, probablemente hacía bastante tiempo que la llevaba dentro, aunque dolorosamente reprimida, como un secreto que la atormentaba y por fin comenzaba a desprenderse de ella y adoptaba su propia voz, el de Hannes. Judith no se movía y trataba de respirar sin hacer ruido para no perder palabra. «Esas cosas pueden hacer un daño tremendo», dijo la voz. Debía de referirse al pisotón en el talón. Y: «Espero no molestarla». Entonces estaba por primera vez bajo el cono de luz de su araña de cristal de Barcelona. «Espero no molestarla, esperoro no molestarlala, esperororo no molestarlalalala...» No, no la molestaba, la serenaba, la atontaba, la hacía sentirse débil y cansada. Lo último que oyó fue: «Que duermas bien, amor. Amormor. Amormormormor...». Luego hubo silencio y oscuridad.

Por la mañana le dolía la cabeza, como después de una noche de juerga, y se sentía avergonzada de su experiencia, que le parecía un primer fallo grave de su cerebro: no había sido un sueño propiamente dicho, puesto que en el estado de vigilia uno siempre sabe si ha estado soñando o no. Judith no lo sabía. Eso nunca le había pasado.

En la tienda se confió a su aprendiza. Bianca se tomó la historia con bastante calma.

—Yo también oigo voces a cada rato, la mayoría de las veces la de mi madre, que encima es superchillona.

—Fuera de bromas, Bianca, ¿pasa algo conmigo? —preguntó Judith.

—¿De verdad quiere saberlo? —repuso Bianca.

Judith: —Sí, por favor.

Bianca: —Vale, jefa... Está usted jodida.

Judith: —Gracias, muy alentador. ¿Qué quieres decir con jodida?

Bianca: —¿Cómo decírselo? Es usted como una sombra de sí misma. Cada vez está más delgada y más pálida. Tiembla. Ya no se viste guay. Y mire ese peinado: ¡jo, qué poco in! También se muerde las uñas, está nerviosa y alterada cuando hay clientes en la tienda. Y ese tipo de cosas. Tal vez sólo necesita unas vacaciones. O un buen amante, que la mantenga ocupada y la haga pensar en otra cosa. A mí me está pasando. Una se olvida de todas sus preocupaciones —hizo un giro completo con sus hermosas pupilas oscuras y añadió—: O por lo menos un par de botas nuevas. Cuando una no está bien, siempre hay que comprarse algo chulo.

—¿Sabes lo que me saca de quicio? —preguntó Judith.

—Hannes, ¿no? —contestó Bianca.

Judith: —Que no me llame.

Bianca: —Lo más seguro es que tenga otra. Eso da rabia, aunque una no quiera saber nada más de él.

Judith: —No tiene otra, Bianca, lo intuyo.

Bianca: —Entonces alégrese de que la deje en paz.

—Pero es que no me deja en paz. Me invade y me bloquea. No sólo está cerca de mí, ya está dentro de mí.

—Mmm... —respondió Bianca, y se llevó el dedo índice a la sien. Bianca pensando con todas sus fuerzas, no era algo que se veía a menudo—. ¿Sabe qué, jefa? —dijo al fin—. ¡Vamos a comprar botas juntas!

Fase nueve

1.

Aquel octubre comenzó sin viento, irradiaba una luz amarilla opaca, arrojaba largas sombras opresivas, oscurecía temprano los días y alargaba las noches. Lukas la llamaba con frecuencia para sondear cómo se encontraba. Si ella hubiera sido sincera, probablemente él se habría preparado de inmediato para ir a Viena a ayudarla en lo que fuera. Lo que más le habría gustado es que la abrazara durante varias horas y despertar cada vez con los dedos de él entre sus cabellos, para que su cabeza se acallara tras las series de pesadillas. Pero Lukas tenía «una familia», tal como hacía poco mamá le había grabado con tanta delicadeza bajo la corteza cerebral. Y de todos modos él no tenía manera de oponerse a Hannes, el fantasma. Así pues, la mayoría de las veces ella le aseguraba de manera bastante convincente que se encontraba bien, que notaba cómo poco a poco iba recuperando los ánimos de vivir, que se había puesto a buscar pareja en Internet y que se lo pasaba en grande ligando dentro y fuera de la Red.

—¡Qué bien, Judy, eso me tranquiliza! —replicaba Lukas.

A ella le molestaba un poco que él no pareciera querer mucho más que quedarse tranquilo... y la facilidad con que se tranquilizaba. Pero al menos sabía que podía contar con él si algún día ya no lograba tranquilizarlo. Eso la tranquilizaba.

Por supuesto, no buscaba pareja, y mucho menos en una de esas bolsas de Internet, donde los menos atractivos de las últimas filas de la vida cotidiana se presentan como ingeniosos seductores. Pero la noche del primer viernes del mes, cuando todas las sombras habían desaparecido por un tiempo, sin querer de verdad conoció a alguien. Después de cerrar la tienda, había ido un ratito al café Wunderlich con Nina, la hija de los dueños de la casa de música König, en la Tannengasse, una mujer que no tenía suerte con los hombres. El «ratito» resultó ser un rato largo. Durante horas una de las dos pedía una última copa de vino, agua o Aperol. Para tomar el último trago de todos fueron al bar Eugene, en realidad un lugar de encuentro de alumnos de instituto, iluminado por velas, para darse los primeros besos con lengua. Pero por las miradas desviadas de Nina, a ratos ardientes, que no dejaban de pasarle por al lado, notó que detrás de ella debía de haber algo parecido a un auténtico hombre. En un momento dado, se dio la vuelta. Y fue uno de esos momentos en que dos pares de ojos sellan un pacto para un futuro común, sin importar si después de una noche ese futuro ya vuelve a ser pasado.

Él se llamaba Chris, parecía un romano, una escultura de bronce de Donatello que había cobrado vida, ya era mayor de edad (veintisiete años), le interesaban los amigos, el fútbol, la pesca y las mujeres, precisamente en ese estimulante orden y —haciendo un diagnóstico a distancia— estas últimas siempre en plural y sólo de manera vaga. En una palabra, era todo lo contrario de Hannes. Por eso ella tomó nota de su dirección de correo electrónico y unos días más tarde lo citó en el mismo bar, sin ninguno de sus amigos pescadores y sin la radiante Nina, por supuesto.

Él besó a Judith ya al saludarla y así les ahorró a ambos una ardua tarea con miras a algo que de todos modos ya era cosa hecha. Durante las siguientes horas en el bar, ella dejó una mano a su disposición para que él se la cogiera y disfrutó de sus adorables relatos de una vida en la que aún no había ocurrido nada, en la que una gigantesca perca que se había comido la caña de pescar era uno de los más virulentos fenómenos que había visto hasta el momento.

Cuando él luego quiso saber más de Judith y de una posible relación complicada —que por lo visto a ella se le notaba en la cara—, era el momento ideal para plantear la problemática «en tu casa o en la mía», aunque sólo en el plano teórico, ya que en la práctica estaba claro que él tenía que acompañar a casa a Judith.

—Me siento tremendamente a gusto contigo, me haces muy bien, cariño —le susurró ella al oído, mientras esperaban el ascensor.

Sí, después de mucho tiempo volvía a ser feliz sin miedo, por fin había engañado a su sombra. Casi deseó que él pudiera verla así, tan ella misma, tan segura, tan superior.

En su casa, también todo sucedió de un modo increíblemente profesional y relajado, como si Chris y ella hubiesen sido una pareja de larga duración. Judith se encargó del vino tinto, la luz tenue y una manta adecuada para el sofá. Chris encontró enseguida un CD apropiado (Tindersticks) y el control del volumen, se demoró en el baño un tiempo grato y largo para un hombre, salió con la camisa ya abierta, ofreciendo un aspecto muy apetecible. ¡Pobre Nina! Por fortuna, él pertenecía al simpático grupo de los autodesnudantes, por oposición a los desvestidores de cuerpos ajenos, que se pasan varios minutos manipulando los botones y las cremalleras del otro, y tironean en vano de faldas o pantalones ceñidos a las caderas durante tanto tiempo que la excitación desaparece.

Luego dejaron de hablar y se limitaron a respirar. Él tampoco exageró con el estudio de su cuerpo, sino que de inmediato la llevó bajo la manta y empezó a tocarla y besarla por todas partes, antes de que ella cerrara los ojos y se entregara a la mejor sensación que había tenido la ocasión de disfrutar en muchos meses. Era posible que en una mirada retrospectiva, rodeado de sus amigos pescadores, Chris lo definiera como «muy buen sexo». Para Judith fue protección absoluta... y un flujo de calor hasta en las más recónditas neuronas, todavía ultracongeladas.

2.

En pocos segundos, el timbre echó por tierra el trabajo de reconstrucción de los últimos días, que acababa de ser recompensado, y restauró en el acto el estado anterior. Fueron tres impactos de alarma breves, tres veces en pleno corazón. Chris se enderezó y sonrió avergonzado, como un adolescente al que su hermano mayor ha pillado fumando porros.

—¿Tienes vecinos puritanos que no toleran ciertos ruidos? —preguntó.

Ella se apartó para ahorrarle la visión de su cara atónita.

—No lo sé, apenas los conozco —dijo—. ¿Qué ruidos? ¿Tanto ruido hemos hecho? Si no hemos hecho ruido.

Ella susurraba para mitigar el temblor de su voz.

—Oye, Chris, ¿puedes ir a ver quién llama a la puerta? —rogó—. No hace falta que abras. Sólo pregunta quién es.

Chris parecía desconcertado:

—Es mejor que tú... eres tú la que vive aquí. ¿O no hacemos caso y ya está?

Judith: —Por favor, Chris, sólo pregunta quién es.

Él: —¿Y si es un amigo tuyo?

Ella: —Ahora no tengo ningún amigo, quiero decir, ninguno que esté en la puerta y llame de semejante manera.

Ella oyó el crujido del suelo bajo los pies de Chris, se tapó la cabeza con la manta y esperó a que volviera.

—Nadie —dijo Chris, aburrido—: Así que seguro que era un vecino frustrado.

Él volvió a deslizarse a su lado bajo la manta y se apretó contra ella. Al tacto, era ahora como la estatua romana de bronce. Ella estaba fría por dentro y por fuera. Le detuvo la mano a la altura del muslo y le preguntó si como excepción podía quedarse a pasar la noche. Aquello, dicho en ese tono amargo, era todo menos una propuesta erótica y, como es natural, él se dio cuenta.

Él: —Es complicado, Judith. Tengo que madrugar.

Ella: —No hay problema, te pongo el despertador a las seis. ¿Las seis es tarde? ¿Las cinco?

—Oye, Judith, no me entiendas mal, nos conocemos...

—Te entiendo bien. Pero entiéndeme tú también a mí, por favor. Esta noche no puedo estar sola. No puedo. ¡De-verdad-que-no-puedo!

Él la miró perplejo. En las películas, la gente como ella un minuto después sufría un ataque de nervios. ¿Cómo les iba a explicar aquel fenómeno a sus amigos pescadores?

Más por vergüenza que por cálculo, ella comenzó a hacerle caricias, primero leves, luego más firmes y constantes. Lo hizo tan bien que, en esas zonas del cuerpo donde se toman las auténticas decisiones volitivas masculinas, él pronto sintió que a pesar de todo habría sido una pena marcharse en ese momento.

—¿Vamos al dormitorio? —susurró ella.

—Está bien, vamos —repuso él.

3.

Chris poseía la masculina capacidad de quedarse dormido tres segundos después de un orgasmo y de acompañar con ronquidos aquella transición operada en un instante. Por suerte, los ronquidos pronto fueron disminuyendo hasta convertirse en una respiración sosegada. Judith, que estaba de espaldas, le apartó la mano inerte del pecho y se la colocó sobre el abdomen. De ese modo, el brazo de él haría las veces de cinturón de seguridad y la protegería hasta la madrugada.

Se concentró en pensar en cualquier cosa menos en Hannes, en la persona que estaba en la puerta y había hecho saltar la alarma. En algún momento debieron de cerrársele los ojos. Cuando tomó conciencia de ello, había vuelto aquel extraño tapiz sonoro, que parecía producido por chapas vibrantes. A continuación se oyeron susurros seguidos de siseos, al igual que la noche anterior. Y luego la voz inconfundible repitió las primeras palabras de su encuentro en el supermercado, esta vez en un tono muy suave, sólo audible para Judith, destinado exclusivamente a ella: «Este gentío, este gentío, este gentío». Ella se quedó quieta, inmóvil, respirando despacio. Sabía cuáles serían las próximas palabras. Estaba orgullosa de que él ya no pudiera engañarla, de haberle descubierto el juego.

Mientras escuchaba, movía los labios con aire burlón: «Disculpas de nuevo por el pisotón, disculpas de nuevo por el pisotón, disculpas de nuevo por el pisotón». Sintió un cosquilleo en el pecho, notó que las comisuras de la boca se le arqueaban hacia arriba. Sintió una imperiosa necesidad de reír, apenas podía contenerse. ¿No era un juego divertido? ¿Dónde estaba Hannes? ¿Dónde se escondía? ¿Dónde había montado su cuartel general? Cada vez que creía verlo, las imágenes se desdibujaban. Cada vez que le echaba mano, él retrocedía.

Ella quería agarrarse la cabeza, que le retumbaba, secarse el sudor de la frente, pero tenía las manos entumecidas. Se oyó reír a sí misma por lo bajo. Trató de incorporarse. Pero estaba aplastada por un cuerpo extraño, que la sujetaba como una inmensa grapa. De repente entró en pánico. Hannes, a su lado, en la cama. ¿Dónde estaban? ¿En la habitación del hotel? ¿Aún en Venecia? ¿Aún en pareja? ¿Todavía no se ha enterado? ¿Todavía no lo sabe?

Trató de oponer resistencia con el vientre. Pero cuanto más se esforzaba, más pesado se volvía el objeto que tenía encima, le oprimía las entrañas, le bloqueaba las vías respiratorias. Ella jadeaba, resoplaba, sentía que se le calentaban las sienes. Tenía que actuar ahora mismo, antes de que la viga la aplastara definitivamente. ¿Hannes? ¿Qué había dicho? ¿Cuáles eran sus próximas palabras?

«Esas cosas pueden hacer un daño tremendo. Esas cosas pueden hacer un daño tremendo. Esas cosas pueden hacer un daño tremendo.» Ésa era su propia voz. Ella se sorprendió del volumen. El enorme peso que le presionaba el estómago empezó a elevarse, tomó impulso para golpear. Ella cogió el arma enemiga con las dos manos y se la llevó a la boca. Sintió una fuerte resistencia en los dientes, un sabor salado en la lengua.

—¡Ay! ¿Te has vuelto loca? —exclamó él—. ¿Qué haces?

Ahora ella estaba totalmente despierta. De un instante a otro se ejecutó un cambio de programa en su cabeza.

—Mierda —murmuró abochornada.

Encendió la luz. Chris estaba sangrando. A ella le dolía la mandíbula. Se levantó de un salto, corrió al baño, trajo una toalla húmeda, le envolvió el brazo.

Chris se puso en cuclillas en la cama, tenía la boca abierta y los ojos fuera de las órbitas. Miraba de reojo a Judith con recelo.

—¿Se puede saber qué clase de persona eres? —dijo él, turbado.

¿Y se puede saber por qué le hacía tan terrible pregunta?

—Yo, yo, yo... habré tenido un mal sueño —dijo ella—. Lo siento muchísimo.

Él se quitó la toalla y contempló su herida. Le temblaba el brazo.

—Esto no es normal, Judith. Esto no es normal —dijo—. ¡¡Tú lo sabes, que esto no es normal!?

Ahora estaba enojado de verdad. Ella comenzó a sollozar en silencio.

—¿Haces esto a menudo? —la hostigó él.

—Habré tenido un mal sueño —repitió ella—. Un sueño muy, muy malo.

Él se levantó de repente, recogió sus cosas, empezó a vestirse a toda prisa, fue un momento al baño y luego se dirigió directamente al vestíbulo.

—Y un último buen consejo —le gritó antes de salir—: ¡nunca tengas un sueño muy, muy malo con un objeto pesado o punzante en la mano!

4.

En la tienda, Bianca la recibió con las siguientes palabras:

—Pues no está usted muy bien maquillada que digamos, jefa. Tiene unas superbolsas debajo de los ojos.

Judith se echó en los brazos de su aprendiza y lloró.

—No se lo tome tan a pecho —dijo Bianca—, ya lo solucionaremos. En mi bolso tengo cinco sombras de ojos diferentes.

Judith le contó la aventura amorosa y su escalada violenta.

—Tampoco es para tanto —opinó Bianca—. Yo creo que a los hombres hasta les gusta que una sea un poco más dura con ellos.

Judith: —Yo no fui un poco más dura con él, casi le arranco el brazo de un mordisco.

Bianca rió.

—Tranquila, jefa. Llámelo y dígale: «Te prometo que la próxima vez que follemos, llevaré el bozal».

Ahora Judith se sentía bastante mejor.

Su verdadero problema superaría a Bianca, pero Judith necesitaba ponerlo en palabras para sí misma.

—Ese Hannes no se me quita de la cabeza. Voy de mal en peor. Creo que tengo auténticas alucinaciones. A veces estoy completamente segura de que él lo controla todo y sigue cada uno de mis pasos. Y a veces ya está tan dentro de mí que dudo que pueda ser él, quiero decir, él como persona. Me pregunto si no soy yo misma, que me lo imagino todo. ¿Entiendes?

Bianca vaciló un instante, la miró de arriba abajo y luego dijo:

—Usted, desequilibrada, creo que no está. Pero hay gente muy rara, que descuartiza cadáveres y luego, de una en una, a las partes...

—Vale, Bianca, gracias por dejarme desahogarme.

Judith se fue al despacho.

Bianca la siguió después de un rato. Tenía las mejillas rojas y hablaba en tono exaltado.

—¡Ya lo tengo, jefa! Para saber si está dentro o fuera —dijo, llevándose el dedo índice a la sien—, tenemos que seguirle la pista. Tenemos que ponernos al acecho, vigilarlo y esperar a que cometa un error. Y yo tengo una superidea: ya sé quién lo hará. La verdad es que era lo lógico... ¡el Basti!

Él ya había esperado varias veces a Bianca en la puerta. Esta vez, ella le hizo señas de que entrara.

—Jefa, permítame presentarle al Basti, mi novio —dijo en tono solemne, e hizo uno de sus famosos giros de pupilas.

Él tenía unos veinte años, era casi el doble de alto que ella, tieso como un mástil, y más o menos igual de comunicativo, tenía el pelo rojo y era cierto que trabajaba en el cuerpo de bomberos.

—Mucho gusto —dijo Judith.

—Igualmente —murmuró Basti, furioso, y se pasó la lengua por el piercing del labio superior.

—Basti está haciendo un curso de detective —explicó Bianca—. Después piensa especializarse en ladrones de móviles. A él le han robado ya tres veces el móvil —él la miró como si estuviera esperando la traducción de un intérprete—. Por eso he pensado que no le vendría mal un poco de práctica.

Para Judith la siguiente situación fue muy desagradable, ella parecía resultarle indiferente a Basti. Sin embargo, Bianca no estaba dispuesta a desistir de su plan por nada del mundo. Su novio se vio obligado a localizar a un tal Hannes Bergtaler, del cual por desgracia no había fotos, sino sólo una detallada descripción de su persona, a vigilar sus movimientos y tomar nota de lo que le llamara la atención. A modo de recompensa, Bianca le prometió acompañarlo a menudo después del trabajo y quedarse luego al menos media hora en el asiento del acompañante de su coche, tal vez incluso en algún aparcamiento solitario, expresamente buscado.

5.

Por trabajos de limpieza del alcantarillado, la tienda de lámparas permaneció cerrada de jueves a lunes. El ambicioso objetivo de Judith era llegar ilesa al domingo, día en que Lukas le había avisado que vendría a tomar un café y una merienda (por cierto, por primera vez con «la familia», cosa que a ella le molestaba un poco). Su propósito fracasó la primera noche. Por desgracia, volvió a pasarla en vela pese a las pastillas. En vano había esperado los ruidos ahora familiares y la voz, con su estereotipada secuencia de palabras. Por la mañana estaba muerta de cansancio y completamente deprimida. ¿Es que ya no hablaba con ella el muy cobarde, ahora que poco a poco empezaba a adaptarse a su omnipresencia nocturna?

Aunque hacía tiempo que había borrado el número del móvil de él, conservaba en la memoria una pizarra decorada con rosas amarillas, donde estaban las cifras bien legibles. Por un buen rato nadie contestó, pero al fin él pronunció su nombre en el saludo del buzón de voz. Puesto que no tenía nada mejor que hacer, que estaba demasiado alterada para comer y demasiado débil para dormir, y que aún faltaban ciento veinte horas para que llegara Lukas, ella se puso a llamar cada dos minutos, esperando con creciente tensión el invariable saludo: «Éste es el contestador automático de...» —y entonces venía su voz—: «... Hannes Bergtaler». Algunas veces no podía evitar soltar sonoras carcajadas, luego volvía a temblar de rabia. Y por fin le dejó un mensaje, no, no se lo dejó, se lo gritó:

—¡Hola, soy yo! Sólo quería decirte una cosa: a mí nadie me toma por tonta. Sé muy bien que estás cerca y me vigilas. Pero ¿quieres que te diga algo? Ya no me molesta. Ya no puedes meterme miedo. ¡Así que déjate ver, cobarde! Y si no lo haces, te lo advierto: ¡voy a encontrarte, estés donde estés!

Después de la llamada, ya no podía aguantar más en casa. En la escalera se dio cuenta de que aún llevaba el pantalón del pijama y las pantuflas. ¡Cuidado, Judith, no cometas errores estúpidos! Dio media vuelta, dejó correr agua fría sobre sus sienes, dio unas gruesas pinceladas de color rojo oscuro a sus labios, se puso la ropa del día anterior, ocultó su cabeza abrumada bajo una gorra de lana violeta, salió del piso y cerró la puerta detrás de sí.

Al segundo intento logró salir al aire libre. La escasa luz neblinosa le escocía en los ojos, por lo que tuvo que protegerse con sus gafas de sol. En la calle, la gente hacía ruidos raros, se movía con extraña lentitud y parecía de mal humor. Al principio, Judith sólo sentía que la rehuían, luego que la hostigaban con agresiones abiertas. Los niños le clavaban los ojos y rivalizaban entre sí con muecas malvadas. Las mujeres se burlaban de su aspecto y la insultaban. Los hombres la miraban como si su mayor deseo fuese arrastrarla hasta el matorral más cercano, arrancarle la ropa y abalanzarse sobre ella.

En la parada del tranvía apareció por primera vez Hannes, pero cuando ella se acercó a él, resultó ser otro. ¡Qué cara de furia puso! Mejor ve al otro lado de la calle, Judith, allí estarás protegida, allí nadie podrá hacerte nada.

Los enemigos no se dormían, ellos también se pasaron al otro lado. Los enemigos siempre se cambian de lado, una vez aquí, otra vez allá. Pero tú eres más rápida, Judith, tú llevas el decisivo paso de ventaja. ¡Vamos, cariño, vuelve a cruzar al otro lado! ¿Hannes? Él quiso tenderle la mano, pero ella se echó hacia atrás. Era un desconocido. La miró con ojos centelleantes de ira.

—¿Me odias ahora? —preguntó ella.

¿Odiarte a ti? Amor, no sabes lo que dices. Los transeúntes la acosaban. Ella se defendía lo mejor que podía. Huyó al otro lado de la calle... y luego volvió a cruzar. Siempre en zigzag, así las serpientes venenosas nunca podrán atraparte. Cruza una vez más y te librarás de ellas. ¡Ten cuidado con los coches, que chirrían...! Demasiado tarde. Ya no podía echar a correr. Los enemigos se inclinaron sobre ella. Hannes estaba enfrente, haciendo señas. Estaba triste. Ella había vuelto a dejarlo plantado.

—Seguro que no nos perderemos de vista —dijo.

Seguro que no, amor.

Alguien le sujetaba la mano. Los otros guardaban silencio. ¿No te he dicho mil veces que tengas cuidado con los coches? Por fin una voz del pasado, de cuando era pequeña.

Fase diez

1.

—¿Pero qué tonterías haces, hija? —preguntó su madre, al borde de la cama.

Judith parpadeó. Sus ojos debían habituarse poco a poco a la luz de neón blanca.

—¿Qué hora es? ¿He dormido? —preguntó.

Una enfermera jefe de sección, de pelo rubio y dientes torcidos, se acercó, examinó la ficha médica, le tomó el pulso y rio con afectación.

Era viernes al mediodía. Judith se enteró de que la habían ingresado la mañana del jueves con el diagnóstico de «psicosis esquizofrénica aguda». Al parecer, antes había estado vagando por la zona, importunando a transeúntes al azar y diciendo disparates. Había cruzado varias veces la calle, sin prestar atención al tráfico. Por último, había sido atropellada por un vehículo. Por fortuna, el accidente no había causado daños, ella había sufrido contusiones leves en brazos y piernas y una herida en la cabeza. El médico de urgencia había ordenado de inmediato su ingreso en la clínica psiquiátrica.

—¿Qué ha pasado, hija? ¿Qué te ocurre?

—Mamá, deja de lamentarte, todo está bien otra vez —contestó Judith.

Se sentía como nueva en un sentido más bien desagradable, consternada y abatida, expuesta al mundo precisamente en el hospital, donde olía a estofado de ternera mezclado con penicilina, cegada por la deslumbrante luz estéril, todavía no del todo consciente y con un cansancio infinito, a pesar de que según decían había dormido casi veinticuatro horas seguidas. Y ya la esperaba uno de los mayores desafíos de la vida: tranquilizar a mamá.

Por desgracia, no encontró apoyo en el joven médico asistente que tenía un ojo de cada color (por cierto, el que mejor le quedaba a la cara era el oscuro). Según él, el probable desencadenante del episodio psicótico había sido el agotamiento físico (el estrés, la falta de sueño, de alimentación, de vitaminas y otras cosas por el estilo).

—Y llega un momento en que la cabeza se pone tonta —dijo el doctor.

—¡Ay, madre de Dios!, ¿se puede saber por qué no comes nada, hija? —le preguntó su madre con voz llorosa.

Judith: —¡Mamá, por favor! Aquí me alimentan a través de tubos, que es mucho más práctico, así no hacen falta cubiertos.

—¿Y por qué no duermes? ¿A qué te dedicas por las noches?

—Al sexo, mamá, ¡sexo y nada más que sexo! —el médico asistente le guiñó el ojo más claro, el menos encantador. Judith le preguntó—: ¿Y cuándo podré salir de aquí?

—¿Acaba de llegar y ya quiere dejarnos? —contestó el médico, haciéndose el ofendido—. No, no. Ahora se quedará un tiempo con nosotros —y dirigiéndose a la madre, que aplaudía en silencio, añadió—: Vamos a mimar y alimentar a su hija como es debido, y ya veremos luego qué está fallando ahí —se refería a la cabeza de Judith, y no era una imagen afortunada ni graciosa. No obstante, mamá asintió satisfecha—. Lo que necesita ahora con urgencia es reposo absoluto.

Cuatro ojos de tres colores miraron a la madre. Pero ella no entendió el mensaje y se quedó otra media hora larga.

2.

El domingo por la tarde, los Winninger (Lukas y «familia») estaban invitados a tomar café a casa de Judith. Por motivos de organización, lamentablemente la merienda tuvo que trasladarse a la sala de recepción de visitas de la clínica psiquiátrica, también llamada cafetería. Sibylle y Viktor, los niños, no vinieron. Es probable que quisieran ahorrarles la visión de la loca tía Judith y sus compañeros de infortunio.

Lukas y Antonia estaban sentados uno al lado del otro, muy atildados, como una parejita de gemelos idénticos a la espera de las puntuaciones de los jueces de patinaje sobre hielo. Contaron divertidísimas historias de la provincia, dieron a la paciente cordiales saludos y los mejores deseos de mejoría de parte de todas las personas a las que ella había visto por lo menos una vez en su vida y, con mucho tacto, le hicieron preguntas que rondaban el delicado tema de la «psicosis».

Cuando la charla se acercaba a su fin, Judith logró alcanzar mínimamente su equilibrio interior, con seguridad inducido por los medicamentos, y le preguntó a Lukas en un marcado tono casual:

—¿Has sabido algo de Hannes?

—Sí —respondió inesperadamente Antonia, hasta ella misma parecía sorprendida con su confesión.

De pronto, Judith supo por qué esta vez Antonia había venido también a la ciudad y por qué Lukas no parecía el mismo que le había prometido estar a su lado siempre que ella lo necesitara.

—Es que no queríamos decírtelo por teléfono, Judy —se disculpó Lukas.

Judith: —¡Ah, qué considerados! ¡Mejor en el psiquiátrico!

Antonia: —Él vino a verme hace una semana.

Judith: —¿A ti?

Antonia: —Sí, yo también me quedé atónita, pero de repente estaba a la puerta.

Judith: —Siempre igual.

Antonia: —¡No, siempre igual no! —hizo una pausa forzada y continuó hablando en voz baja—: Judith, nosotras dos, tú y yo, no nos conocemos mucho.

Judith: —Así es —replicó Judith esforzándose por parecer neutral, y se contuvo para no lanzarle a Lukas la mirada de reojo que se merecía desde hacía rato.

Antonia: —Puede que sea la perspectiva de alguien ajeno...

Judith: —Ya sé a qué te refieres. ¡Anda, dilo, suéltalo ya!

Antonia: —¡Judith, no debes tenerle miedo a ese hombre nunca más, nunca, nunca más!

Judith: —¿Ése es el recado que te pidió que me dieras?

E hizo como si a duras penas lograra reprimir un bostezo.

Antonia: —No, Judith, ésa es la esencia de nuestra conversación. Es mi plena convicción. Esas cosas se saben, se ven, se sienten. Te lo digo como...

Judith: —Como alguien ajeno.

—¡Judy! —ahora le tocaba hablar a Lukas. Le tomó la mano izquierda con admirable parsimonia y delicadeza como si hubiese estado ensayando la escena frente al espejo. De hecho fue un poco decepcionante que Antonia no dejara traslucir destellos de celos—. Judy, queremos ayudarte a desmontar tu imagen del enemigo. Hay que acabar con eso de una vez. Te desmoraliza. Te entristece. Te agota. Es más, te enferma.

—Y se basa en un error, en una visión totalmente equivocada de la situación —remató Antonia.

Por fin parecían gemelos idénticos también en su retórica.

Hermanita: —Judith, Hannes no quiere hacerte nada malo.

Hermanito: —De verdad que no, al contrario.

Hermanita: —Él haría lo que sea para que te mejores.

—¡Un momento! —protestó Judith. Por fin su voz recobraba la fuerza—. ¿Y de dónde ha sacado él que estoy mal?

Lukas: —Judy, hace tiempo que es imposible no verlo. Todos lo sabemos. Lo sufre Ali, Hedi, tu familia. Lo sufren todos tus amigos, todas las personas a las que les importas.

—Pero yo a Hannes no quiero importarle. ¡Por-que-él-definitivamente-no-es-mi-novio! —bien, ahora ya lo sabía hasta la enfermera de los dientes torcidos—. Y nunca lo será, por muchos suplicantes e intercesores que me envíe incluso a la cama del hospital —y quitándole la mano a Lukas, añadió—: Qué pena que ahora tú también seas uno de sus agentes de relaciones públicas. Pensaba que al menos TÚ estabas de mi lado.

Judith rozó a Antonia con una mirada fugaz.

Lukas: —Yo ESTOY de tu lado, Judy. Porque aquí hay un solo lado. No hay lado contrario. Trata de comprenderlo de una vez, por favor. ¡Sólo así saldrás de este lío!

—Vale, vale, vale. ¿Se ha acabado la sesión de terapia? —preguntó Judith, y forzó una sonrisa.

La enfermera parecía haber estado esperando aquella señal.

—Con esto se ha acabado —dijo tocándose la muñeca a falta de reloj de pulsera.

—Judy —dijo Lukas—, si quieres, vuelvo mañana y lo hablamos tranquilos.

Él le cogió la mano otra vez, lo cual era bueno, a pesar o a causa de Antonia.

—Gracias, de verdad que no es necesario, creo que lo he entendido —replicó Judith lo más amable que pudo—. ¡Pero me alegro de que hayáis venido!

Sin inyecciones y pastillas no habría sido capaz de articular esa frase.

—Llámame cuando te apetezca —dijo Lukas—. Siempre estoy para ti.

Antonia asintió con la cabeza, para dar el visto bueno a sus palabras. Luego hubo cuatro besos en las mejillas de Judith, dos cálidos y dos fríos.

3.

El martes tuvo su primera cita con Jessica Reimann: ni cuarenta años, ni 1,65 metros, ni cincuenta kilos... pero por lo visto muy racional, o al menos psiquiatra. Estaba sentada frente a un ordenador demasiado potente y copió de un papel con cinco o seis nombres... los datos de Judith.

—¿Quiénes son los otros? —preguntó Judith.

Reimann sonrió con un deje de malicia.

—Historias clínicas similares, de nuestro astuto archivo.

Qué suerte que esté escribiendo mi «historia clínica», pensó Judith, quizá algún día me archiven a mí también. La doctora examinó sus electroencefalogramas y todo ese montón de estudios con curvas, tablas y leyendas. Luego sacudió la cabeza decepcionada, alzó la vista hacia Judith con verdadera compasión y dijo:

—¡Aburridísimo! No hay daños cerebrales, ni trastornos, ni alteraciones, ni antecedentes, ni accidentes, ni herencias de una abuela chocha, nada de nada.

A Judith le cayó simpática.

La doctora explicó que una psicosis esquizofrénica no es en sí misma algo alarmante, que una de cada cien personas la padecía al menos una vez en la vida.

—Para usted no es algo alarmante, desde luego, usted casi no conoce más que a esos uno de cada cien —señaló Judith.

Reimann rio con ganas, debía de ser la primera vez que escuchaba esa broma.

En todo caso, se complacía en comunicarle a Judith que uno de cada cuatro pacientes psicóticos no volvía a sufrir un segundo episodio de pérdida de la realidad.

—Y si toma usted bien sus antipsicóticos, antes o después de cepillarse los dientes, da lo mismo, pero no durante, ¡seguro que será una de esos cuatro!

Ésta es una mujer con la que se puede tratar, pensó Judith.

Pero pronto la cosa se pondría más fea. Judith tuvo que hablar por primera vez de su «incidente».

—Lo siento, sólo lo recuerdo de forma fragmentaria —se defendió.

—Magnífico —repuso Reimann—, me encantan los fragmentos. Suelo pasarme semanas enteras reuniéndolos. ¡Así que adelante!

Judith: —Fue después de una noche en que no pude dormir. Luego de eso, por desgracia, ya no sé mucho.

Reimann: —¿Por qué no?

Judith: —¿Cómo dice?

Reimann: —¿Por qué no podía dormir?

—Por lo visto no estaba lo bastante cansada...

—¿Es que oía voces?

—¿Por qué piensa eso?

Reimann: —Porque es bastante común entre las «una de cada cien» personas.

Judith: —Pues siento desilusionarla. NO oía voces. Quizá por eso... mmm... no podía dormirme.

Jessica Reimann se frotó las manos:

—Esto me gusta, ¡por fin una vez al revés! ¿Y qué más?

—¿Cómo que qué más?

—¿Qué pasó al día siguiente?

—Yo estaba bien, deprimida, agotada, pero en cierto modo eufórica, como si estuviera en trance, teledirigida, yo qué sé.

—¿Qué la agobia?

—Mmm... es difícil de explicar —mintió Judith.

Tampoco se conocían tanto.

—¿Es su trabajo?

—No, eso seguro que no.

Judith sonrió.

—Entonces su vida personal.

—He dejado de tenerla hace tiempo.

—Los que no la tienen suelen ser los que la tienen más intensa, pues la tienen toda para sí solos —dijo Reimann. Y ya un poco impaciente, añadió—: ¿Quién es? ¿Mamá, papá, el novio, el ex, el amante, su mujer, su mascota? ¿Todos juntos? ¿Quién la saca de quicio? ¿Qué la agota? ¿Qué la hace sufrir?

Judith inclinó la cabeza y simuló pensar con todas sus fuerzas.

—Vale, dejémoslo, es su vida personal —dijo Reimann, con notable amabilidad—. Así que en algún momento salió de casa. ¿Qué recuerda?

—Muchas personas inclinadas sobre mí. Parece que en mi confusión me metí entre los coches.

—¿Quién la impulsaba a ir allí?

Judith se sobresaltó. La pregunta era estremecedoramente concreta e indiscreta al mismo tiempo.

—¿Voces? —preguntó Reimann. Como Judith no dijo nada, siguió insistiendo—: ¿Voces que le daban órdenes?

—No, no eran órdenes, sólo sugerencias.

Reimann rio, lo cual le hizo bien.

—¿Y qué le sugerían?

—Cruzar la calle.

—No era una buena sugerencia.

—Ahora yo también lo sé —dijo Judith—, ya no les haré caso.

A ratos aquella conversación le resultaba muy divertida.

—Bueno, enseguida acabamos —prometió Jessica Reimann. Judith ya lo veía venir—. ¿De quién son las voces?

Era lógico. Judith suspiró.

—No es tan fácil saberlo. Es... cómo decirlo... una mezcla de amigos, parientes y desconocidos...

—Vale, dejémoslo —volvió a decir Reimann, como si hubiese descubierto el engaño—. Ahora puede usted relajarse de nuevo y disfrutar de la deliciosa comida de la clínica.

Cuando se despedían, la doctora volvió a mirarla de arriba abajo y luego comentó, esta vez muy en serio, francamente preocupada:

—Yo también tengo una sugerencia para usted.

Judith: —¿Cuál?

Reimann: —¡No se cierre! Fíese de los que la quieren bien. Acérquese a sus amigos. Nadie puede sobrellevar solo un problema psíquico. El mejor caldo de cultivo para las eternas una de cada cien personas es el aislamiento.

4.

Ella habría podido salir de la clínica el viernes. Pero aparte de la horripilancia crónica de un café descafeinado por la fuerza —a nadie se le ocurre beber alcohol desalcoholizado—, la unidad de psiquiatría le gustaba cada día más, por lo que extendió al fin de semana su cura medicinal, en el curso de la cual ya había engordado cuatro kilos. Para gran satisfacción de su médico de cabecera de ojos bicolores, que creía que él era la razón de que Judith deseara permanecer en la clínica y reducía drásticamente los intervalos de las visitas. En una palabra, le había echado el ojo. Por desgracia, el equivocado.

Judith siguió la sugerencia de Reimann tan deprisa y tan a pecho que su estancia en la clínica cobró de inmediato un carácter comunitario. Poco a poco fue invitando a todos sus amigos del pasado y recibió múltiples series de cumplidos, por la buena cara que tenía, por lo alegre, distendida y repuesta que se la veía, por lo bonita que era su risa y lo sexy que era su corto camisón blanco. El estímulo del exterior la motivaba, la ponía francamente eufórica. No cualquiera podía jactarse de un proceso de curación tan veloz de la mente en una institución psiquiátrica.

Y de repente también volvía a tener uno o dos oídos abiertos a los problemas de los demás, a sus abrumadoras cosillas de cada día, que tan sólo podían aparcarse de manera provisional, pero nunca quitarse de en medio. Pronto ella también podría volver a alterarse por las maravillosas pequeñeces, por la falta de bolsas de basura, por las brigadas de moscas en el frutero, por los calcetines que después del lavado han cambiado de pareja y ya no hacen juego por el color o la tela.

Quizá aún deba pasar algunas etapas difíciles, pero luego habré superado mi trauma, pensaba. Últimamente hasta había logrado pensar un par de veces en Hannes sin inquietarse. Puesto que él había convencido de sus buenas intenciones a todos sus amigos y ahora incluso a Lukas, era probable que en efecto sólo hubiesen sido figuraciones suyas, que al final Hannes fuera su propio demonio, el lado oscuro de su alma.

Sea como sea, por las noches no oía ruidos ni voces, ni ninguna otra cosa extraña. Y ya no lo esperaba tampoco. Como es natural, al anochecer la química siempre la deprimía un poco y la sumía en un profundo sueño artificial, pero al despertar por la mañana tenía la mente despejada y conseguía mirar el futuro sin temor. Una vez fuera, emprendería su «vida personal» para llegar a crear algún día una familia espantosamente convencional con un hombre apto para el matrimonio, en unos treinta o cuarenta años aproximadamente. Cuando pensaba así, ya era de nuevo una de noventa y nueve.

El domingo por la tarde, antes de su última noche en la clínica, vino a visitarla Bianca y ya desde lejos la miró con ojos radiantes.

—Jefa, está usted supergorda de cara, ya no se le ven los pómulos —opinó—, aunque de todas formas sigue teniendo el cuerpo de Kate Moss. ¡Y eso no es justo! Cuando yo como más de la cuenta, no vea cómo se me va todo a las tetas y al culo.

Aparte de eso, la aprendiza contó que aquella semana, en que había llevado la tienda ella sola, había sido tan estresante que había envejecido por lo menos diez años.

—Apenas oscurece más temprano, todos compran lámparas —se quejó.

—Bianca, estoy muy orgullosa de que te hayas ocupado de todo tú sola —dijo Judith, después de formarse una idea general.

Bianca: —La verdad es que de todos modos fue divertido. Además...

Ella empezó a agitarse nerviosa.

Judith: —¿Además qué?

Bianca: —Además tengo un sorpresón para usted.

Judith: —¡Anda, dilo ya!

Bianca: —No, en la tienda. De todas maneras lo verá en cuanto entre.

Sus labios se curvaron hacia arriba, en un nítido semicírculo color malva.

5.

El lunes por la mañana salió de la clínica y fue en taxi a casa, acompañada por la neblina. En la escalera, para romper el silencio, le habría gustado saludar a algún que otro vecino y preguntarle por aquel brumoso octubre, pero, como siempre, no se veía a nadie y como de costumbre olía a moho, cebollas y papel viejo. Al abrir la puerta del piso —ése fue el primer pensamiento angustioso en varios días— le vino a la memoria el señor Schneider, el vecino que había muerto de cáncer y cuya esquela estaba colgada en su puerta.

En su piso, repleto de signos conmemorativos de un periodo espantoso, no se sentía a gusto. Trató de resistirse con una actividad frenética, puso sábanas limpias, cambió los muebles de sitio, redecoró las paredes, ordenó el armario, incluso se desprendió de dos pares de zapatos y luego se vistió de amarillo canario para recomenzar la vida empresarial cotidiana.

A última hora de la tarde fue a su tienda de lámparas y en la entrada misma, donde Bianca la recibió con un gesto ceremonioso, advirtió el cambio: la luz era diferente, más opaca, más suave, faltaba aquel resplandor peculiar. No estaba la araña, la monstruosa araña ovalada de cristal de Barcelona, la que durante quince años todos habían admirado, pero nadie se había llevado, la joya de Judith entre las lámparas, su pieza más cara.

—¡Vendida! —dijo Bianca, cuadrándose en posición militar y dándose unas palmaditas en el pecho.

—Increíble —logró articular a duras penas Judith.

Bianca: —7.580 euros, jefa. ¿No se alegra?

Judith: —Sí, claro que sí. ¡Y tanto! Sólo que...
Primero necesito... —Judith se sentó en el escalón y preguntó—: ¿Quién?

Bianca se encogió de hombros.

—Ni idea.

Judith: —¿Qué significa eso?

Bianca: —Significa que no sabría decir quién la compró, porque la mujer no estaba, porque el lunes... ¿o fue el martes?, no, creo que fue el lunes... ¿o era martes?

Judith: —¡Da igual!

Bianca: —Llamó un hombre de la empresa tal y tal, y dijo que la señora fulana de tal quería comprar una araña que había visto en nuestra tienda. Y el hombre que llamó describió la araña gigante con tanta exactitud que enseguida supe que sólo podía ser la araña gigante de Barcelona, la de los cristales que tintinean tan bonito. Y luego, por supuesto, le dije lo que valía. Y el hombre, en vez de caerse de espaldas, dijo que el precio le parecía superbién, porque la mujer quería tener esa araña cueste lo que cueste, y que ya se la podíamos ir descolgando y embalando, que vendría alguien a recogerla. Y el viernes... ¿o fue el mismo jueves?

Judith: —¡Da igual!

—El caso es que realmente vinieron a recogerla y pagaron todo al contado, a tocateja.

Judith: —¿Quién?

Bianca: —Los de la empresa de mensajería. Eran dos hombres jóvenes, pero por desgracia ninguno de los dos guapo.

Pausa.

—¿No se alegra? —preguntó Bianca.

—Claro que sí, desde luego, es sólo que ha sido tan inesperado que primero...

Bianca: —Ya la entiendo, la araña es diez veces más vieja que yo y lleva tanto tiempo ahí colgada que acabas colgada de ella, ¿no es así? Pero 7.580 euros...

Judith: —¿Y no sabes quiénes son los compradores?

Bianca: —Bueno, jefa, desde luego yo también tenía curiosidad y entonces le pregunté a uno de esos hombres, el más alto de los dos, uno rubio que llevaba media melena...

Judith: —¡Da igual!

Bianca: —Le pregunté adónde enviaban la araña. Dijo que aún no lo sabía, que primero tenía que llamar al hombre de la empresa, o sea, que ya lo había llamado varias veces, pero que aún no había podido localizarlo, así que no lo sabía todavía.

Judith: —Ya.

Bianca: —Pero desde luego yo insistí y le pregunté a nombre de quién estaba la lámpara, o sea, cómo se llamaba la mujer que la había comprado.

Judith: —¿Y?

—Entonces uno de los dos hombres, o sea, el otro, dijo que en realidad no les estaba permitido decirlo, porque los compradores a menudo quieren permanecer en el anonimato, porque tal vez la mujer era una rica coleccionista de arte, tal vez tenía un Picasso en su casa, entonces no querían...

Judith: —Ya comprendo.

Bianca: —Pero de todas formas me reveló el nombre, probablemente quería hacerse el importante o ligar, a pesar de que... pfff..., era superfeo —Bianca hizo un mohín y luego tomó una hoja de papel que tenía preparada—. Isabella Permason se llama, con una sola eme, creo. Ya lo he mirado, no es famosa y tampoco está en Facebook.

—Isabella Permason —murmuró Judith, mirando el papel.

—¿La conoce?

—No, no —dijo Judith—, pero ese nombre... ese nombre...

—No importa —dijo Bianca—. Lo principal es que compró la araña, jefa. ¿No le parece?

—Sí, Bianca.

—Pero no se alegra lo más mínimo —se quejó la aprendiza.

—Que sí —dijo Judith—, ya va, ya va.

Fase once

1.

Las primeras noches en casa fueron una prueba autoimpuesta de resistencia mental. Judith sabía lo peligroso que era pensar en Hannes, a oscuras, en esas áreas sin protección. Era como hacer entrenamiento de pesas inmediatamente después de una hernia discal. Pues no fue distinto. Cada vez que cerraba los ojos, se activaba la galería de imágenes desagradables de los últimos meses, en las que Hannes siempre había sido su principal motivo intimidatorio. Por eso se obligaba a mantener los ojos abiertos mientras fuera posible. Y cada mañana le faltaban unas horas de sueño.

Pero también había otros pensamientos nuevos, contradictorios, sobre él: de repente, Hannes había cambiado de bando, había salido de su sombra, ya no era su acosador, sino su aliado más cercano. Había ideas bellas, en ocasiones radiantes: hombro con hombro con él, ella se liberaba de sus miedos, se abría a sus amigos, se confiaba a su hermano Ali, buscaba y encontraba la cercanía con sus padres. Hannes asumía el papel de líder, era protector y mediador, su vínculo largamente esperado entre el interior y el exterior, el garante de la armonía, la clave de su felicidad.

Judith se imaginaba que era la interacción de los medicamentos lo que hacía posible esos acrobáticos saltos conceptuales hacia el lado seguro. Con el fin de conservar por más tiempo la nueva sensación de protección, aumentaba la dosis de las tres pastillas (cosa que Jessica Reimann le tenía terminantemente prohibido) y se sumía en estados de éxtasis. A veces dichos estados iban acompañados de ataques de nostalgia de Hannes, durante los cuales no había nada que deseara con más urgencia que tenerlo de vuelta en su vida.

Una vez que remitía el efecto, lo cual solía ocurrir entre la medianoche y el amanecer, no sólo se encontraba de nuevo sola del otro lado, aislada de toda la gente que le importaba, incapaz de acercarse ni un ápice a ellos. También volvía a tener a su enemigo en la sombra, Hannes, el causante de todos los males, el agente de su enfermedad. Le avergonzaba haberse sentido cerca de aquel hombre, haberlo incluso añorado. Y se asombraba de sus ataques de ingenua confianza y sumisión servil.

Pero esos estados de resaca también tenían puntos de quiebre, en los que se sorprendía a sí misma tomando la dirección equivocada, siguiendo un camino que la alejaba de todos los que la querían bien y desembocaba en el callejón sin salida del aislamiento. Entonces recordaba la advertencia de la psiquiatra. Judith estaba a punto de poner rumbo a la isla de las eternas personas una de cada cien con tozudez, obstinación, desconfianza y hostilidad. Para evitarlo, se tomaba otra pastilla y comenzaba el próximo viaje en la montaña rusa de sus neuronas.

2.

En la tienda, Bianca le tenía preparada otra sorpresa. Basti estaba sentado en la silla de oficina de Judith, con papel y bolígrafo en el regazo, y hacía girar, cohibido, la bolita que tenía por encima del labio.

—Estamos sobre la pista de su ex —dijo Bianca. Aquello sonaba a bocadillo de un cómic satírico de detectives—. Seguro que usted creía que lo habíamos olvidado, pero tan sólo queríamos dejarla que recupere fuerzas, ¿verdad, Basti?

Él se encogió de hombros, luego se decidió a asentir con la cabeza. Ella le acarició el cabello rojo con las yemas de los dedos y le dio un sonoro beso en la frente.

A continuación, presentaron su primer informe sin que nadie se lo pidiera: en primer lugar, habían tratado de vigilar a Hannes cuando entraba y salía del estudio de arquitectura.

—Pero él nunca aparecía por allí, daba igual a qué hora fuera Basti —explicó Bianca. Conclusión—: Trabaja en otra parte o en casa, está de baja por enfermedad o de vacaciones.

Basti echó una ojeada a sus notas, levantó un dedo índice torcido y murmuró:

—O sin trabajo.

Durante ocho días hábiles, después del trabajo Basti había aparcado su coche en la Nisslgasse, frente a la casa de Hannes, y, junto con Bianca, había fijado su atención en la entrada.

—Siempre se lo podía ver por allí, yo misma pude localizar el objeto con mis propios ojos —dijo Bianca.

Judith: —Identificar al sujeto.

Bianca: —¿Qué?

Judith: —Querrás decir que lo reconociste.

Bianca: —Pues claro, estoy supersegura, era su Hannes, o sea, su ex, no hay nadie más en el mundo que se mueva como él.

Sin embargo, su aspecto era poco sospechoso, se enteró Judith. Hannes nunca llegaba ni salía acompañado, siempre estaba solo. Nunca parecía ajetreado o nervioso. Una vez le sujetó la puerta a una anciana, otra vez saludó a una joven pareja en la entrada. Por lo visto, su ropa era tan poco llamativa que ni siquiera Bianca tenía algo que decir al respecto.

Otras observaciones: hubo días en que entró y salió de la casa varias veces seguidas, con breves intervalos... y nunca con las manos vacías. A veces llevaba un portafolio bajo el brazo y luego un maletín negro, a veces una mochila deportiva violeta a la espalda, a veces bolsas de la compra que se bamboleaban en sus manos, y una vez salió de la casa cargando al hombro un objeto grande, envuelto en papel, muy pesado, según podía verse por sus gestos de esfuerzo.

De momento no se sabía a qué hora salía de la casa por última vez, ni si a veces pasaba la noche fuera.

—Pero pronto lo averiguaremos —dijo Bianca—, si es que usted quiere que sigamos. ¿Quiere, jefa? Para nosotros sería divertido.

Tras un breve titubeo y con la condición de que no exageraran, Judith accedió. No quería estropearles su primer proyecto de investigación conjunto.

3.

Cuando tuvo en sus manos la carta de Hannes, ella se encontraba en una etapa buena, conciliadora. Aquél era el primer mensaje que él le dirigía directamente a ella desde la retirada fantasmal en el verano. Ella interpretó como una buena señal que no le temblara la mano. Se apoyó en la estantería de la cocina, mordisqueó un cruasán y examinó la carta como si se tratara de un folleto publicitario de sistemas de sellado de ventanas. El texto de dos páginas estaba escrito e impreso en el ordenador, la fuente (Arial) y el tamaño (14) eran tan discretos como el membrete: Hannes Bergtaler, Nisslgasse 14/22, 1140 Viena.

«Querida Judith», a continuación venía una coma, en toda la carta no había un solo signo de exclamación. «Querida Judith, supe que estuviste en el hospital. Espero que ya estés mejor. La unidad que dirige el profesor Karl Webrecht, en la que al parecer te atendieron, goza de una excelente reputación. Estoy convencido de que allí estabas y estás en buenas manos.» ¿Y estás?

«Hace dos semanas me dejaste un mensaje de voz que me dejó consternado.» ¿Ella le había dejado un mensaje en el buzón de voz? «Yo sé que en la época en que éramos novios, la mejor época de mi vida, hubo muchos contratiempos y cometí graves errores. Es sabido que el amor puede cegar. La consecuencia fue que te alejaste de mí. En mi infinito amor por ti, no quería admitirlo. He hecho cosas de las que ahora me arrepiento profundamente. Me entrometí en tu vida familiar cuando tú no me lo habías pedido, y tampoco fue oportuno ni agradable para ti.

Quiero pedirte perdón por eso. En mi defensa, a lo sumo puedo alegar que en aquella época estaba muy agobiado, también con el trabajo, y al final incluso tuve que pasar un tiempo en el hospital con síndrome de burnout. Toqué fondo, no quería que te enteraras y te preocuparas, o peor aún, que tuvieses sentimientos de culpa.

»Pero poco a poco he logrado trazar la necesaria raya de separación entre tú y yo, para lo cual ha sido un factor importante recurrir a la ayuda terapéutica. Créeme, ha sido un proceso difícil, el túnel más largo y más profundo que me ha deparado la vida hasta ahora. Pero ya he salido, y la luz vuelve a brillar, débilmente, claro está, pero día a día se va haciendo un poco más fuerte. Judith, nunca más volveré a acercarme demasiado a ti, NUNCA MÁS DE LO QUE TÚ QUIERAS, te lo juro por lo que más quiero.» Esto sí que es un buen comienzo, pensó Judith.

«Tu mensaje de voz, querida Judith, me ha dolido mucho, mucho. Parecías otra, no parecías tú, tan agresiva, tan mala, tan llena de odio. Tus palabras eran hirientes: que a ti nadie te toma por tonta, que sabes muy bien que te vigilo, que ya no puedo meterte miedo, así que me deje ver, cobarde. Y que si no, vas a encontrarme, esté donde esté.» ¿De verdad ella le había dicho eso? Qué interesante. Eso quería decir que no habían sido imaginaciones suyas.

«Judith, yo nunca he querido meterte miedo, la sola idea me espanta. Pensaba que los dos teníamos intención de no oírnos ni vernos por un tiempo, por eso me retiré. Me limité a seguir el consejo de nuestros amigos en común, ellos me dieron a entender que de momento estabas disgustada conmigo, que francamente me tenías alergia. Pero si hay algo que no quiero es esconderme de ti. Ni tampoco que me consideres un cobarde. He escrito esta carta para decirte esto.

»Y bien, Judith, aquí estoy. Por suerte puedo seguir viviendo sin ti. Sin embargo, mi mayor anhelo, el deseo de mi vida, es que podamos llegar a ser amigos. Siempre que me necesites, estaré ahí para ti, te lo aseguro. De todos modos, nadie puede quitarme lo que siento por ti. Siempre fiel, Hannes.»

Ella dejó la carta a un lado, volvió a observar su mano, que había permanecido en calma, se sirvió una taza de café tibio con cafeína del termo azul, tomó un vaso de agua, sacó una pastilla del blister, se la llevó a la boca, detuvo la mano a medio camino, partió la pastilla por la mitad, guardó una mitad, tragó la otra, bebió un sorbo de agua, cerró los puños con la callada alegría anticipada por una victoria que se había vuelto realista y dijo:

—No hay nada que temer, no hay nada que temer.

4.

Luego consiguió la proeza de dormir tres noches seguidas de un tirón. Además, ansiaba compañía. Había que celebrar ambas cosas. Como en épocas ancestrales, organizó la noche del sábado en grupo desde la bañera. Gerd se alegró muchísimo y aceptó de inmediato, aunque él y Romy ya tenían entradas para un concierto de soul en el club Porgy & Bess.

Judith: —¿Romy?

Gerd: —Sí, Romy. Llevamos trece días.

Judith: —¡Si llegáis a quince, tienes que traerla sin falta!

Ilse, Roland, Lara, Valentin: todos tenían planes para el sábado, pero ni por asomo ninguno tan bueno como ir a comer estofado de venado a casa de la por lo visto restablecida y entusiasta Judith. Ésos sí que eran amigos, gente a la que ella le caía francamente bien, siempre dispuestos a celebrar su reincorporación a la maravillosa banalidad de la rutina de los fines de semana. Al día siguiente, también aceptó la invitación Nina, la hija de la casa de música König. (Puede que Gerd ya estuviese de nuevo sin pareja.)

Y luego, en su euforia, a Judith le asaltó una idea absurda, de la que apenas unos días antes jamás se habría creído capaz. Pero la carta lo había cambiado todo. El mero hecho de que no le pareciera impensable dejar entrar a Hannes en su piso la estimulaba. Era una demostración de audacia, le devolvía una buena dosis de autoestima, algo en lo que le urgía ponerse al día.

«Mi mayor anhelo, el deseo de mi vida, es que podamos llegar a ser amigos», había escrito él con su inimitable estilo patético. Pues bien, había pasado la ocasión, habían ocurrido demasiadas cosas desagradables para eso. Pero ¿por qué no tener ese pequeño gesto de conciliación? ¿Por qué no demostrar a sus amigos más íntimos que de nuevo era capaz de superarse a sí misma?

En pocos días, su sombra se había reducido a un nivel razonable, ya no la acosaba, no le infundía miedo, no la controlaba, no la llevaba por caminos equivocados, al borde del abismo. ¿Estaba definitivamente curada de su tonta enfermedad, debilidad, crisis o como se llamara lo que le «fallaba» en la cabeza? Ardía en deseos de aportar la prueba. Y para eso necesitaba algo: lo necesitaba a él.

«Hola, Hannes, he invitado a unos amigos a cenar a casa el sábado. Gerd con su nueva novia, Lara y Valentin, Ilse, Roland y Nina, una compañera de negocios. Si te apetece, puedes pasarte.» No, cambió la tercera frase de su mensaje: «Si aún no tienes plan, puedes venir». Luego añadió: «Hay estofado de venado. Empieza sobre las ocho». (Los amigos estaban invitados para las siete.) Y también: «Un cordial saludo, Judith».

No tres minutos, sino tres horas después, llegó una respuesta breve y sobria que daba gusto: «Hola Judith, muy amable. Será un placer ir. Hasta el sábado sobre las ocho. Un saludo, Hannes».

5.

En primer lugar, seguro que las pastillas no eran compatibles con el alcohol. En segundo lugar, seguro que por la noche bebería alcohol (porque ya había empezado a beber por la tarde). En tercer lugar, no necesitaba más pastillas, porque no tenía miedo. En cuarto lugar, había pasado un excelente sábado de finales de octubre en el Naschmarkt de Viena, en el supermercado Hofer, en la cocina de su piso y, con los auriculares en los oídos, en el sofá de la sala, a la luz de su brillante lámpara de codeso.

Los invitados de las siete llegaron puntuales. Romy era una vivaracha colombiana, con el peinado de Diana Ross después de un aguacero, que enseñaba claqué en Viena. Lo que parecía mucho más exótico todavía: Gerd se había enamorado de ella de golpe, sólo una vez cada diez o quince años se lo veía así. Sorprendentemente, ninguna de las otras dos parejas sacó a relucir un conflicto, y Nina encajó muy bien en el grupo. Eran las condiciones ideales para que Judith, a quien se le notaba de inmediato el entusiasmo, hablara de manera distanciada y autocrítica de su «época loca». Con especial detalle describió la escena en que Chris, el guapo muchacho pescador romano que está a su lado en la cama, comprueba a las cuatro de la mañana que «alguien» le ha dado un buen mordisco. Nina, sobre todo, nunca se cansaba de escuchar los detalles de aquel episodio.

No se mencionó una sola palabra acerca de Hannes. Judith quería sorprenderlos a todos con él, que él fuera su carta de triunfo, triunfar cuando él apareciera. Pero ya llevaba treinta minutos de retraso, y los amigos preguntaban cada vez más impacientes por el estofado de venado. Justo antes de las nueve, él le envió un sms. Ella lo leyó a escondidas en la cocina: «Querida Judith, lo siento, al final no podré ir. ¡Tengo tanto trabajo! Otra vez será. Dale recuerdos a todos de mi parte, Hannes». El mensaje era tan escueto como seco el coñac posterior.

Por la reacción de sus amigos, se dio cuenta de su gradual decaimiento. ¿Que si todo iba bien?

—Sí, claro que sí.

¿Que por qué comía con tan pocas ganas su magnífico plato de gourmet?

—Debo de haber picado demasiado mientras cocinaba, una fea costumbre.

¿Que si de verdad iba todo bien?

—Que sí, de verdad, puede que me haya pasado un poco con el alcohol —dijo Judith, y bebió una copa de coñac para ir sobre seguro.

Aguantó sentada a la mesa hasta el postre de chocolate, procurando reír con los demás en los momentos indicados de una conversación que no tenía más remedio que dejar pasar a retazos delante de ella. Después pidió que le permitieran tumbarse un rato en el sofá, porque se sentía un poco mareada.

—Judith, si quieres que nos vayamos, nos lo dices, por favor —dijo una de las tres voces masculinas.

—No, no, tenéis que quedaros sin falta —se opuso—, quedaos todo el tiempo que podáis. Soy feliz cuando estáis en casa.

En el sofá llegaba a sus oídos el relajante rumor de una conversación en voz baja. Un par de veces alguien se inclinó sobre ella. En una ocasión, una de las mujeres se sentó a su lado y le preguntó si podía hacer algo por ella. No podía. Más tarde, alguien la tapó con una manta, le levantó la cabeza y dejó que se hundiera en algo fresco y mullido. Poco después, sintió ruido de sillas, platos y agua del fregadero. Hacia el final tan sólo escuchó un débil murmullo y los ruidos apagados de una despedida general. La luz fue haciéndose más y más tenue, hasta que desapareció definitivamente y se llevó consigo los últimos sonidos apacibles de la habitación.

6.

Cuando se puso boca arriba, se hallaba en la cama de su dormitorio. Quien pensara que la fiesta había acabado subestimaba su agudeza auditiva y su lucidez mental. La ceremonia le era conocida. Primero empezó a oírse un susurro. Luego las vibraciones metálicas se extendieron por la habitación: sonaba el clarín. Había llegado el invitado principal. Al final había llegado. Era como si ella lo hubiera sabido. Con él se podía contar. Él no la dejaría plantada, él nunca. Se lo había prometido.

Era agradable oír su voz. «Con este gentío, este gentío, este gentío.» Al principio siempre decía eso. Todo volvía siempre al principio. Aquella vez, en el supermercado, él le había pisado el talón: «Esas cosas pueden hacer un daño tremendo. Esas cosas pueden hacer un daño tremendo. Esas cosas pueden hacer un daño tremendo». Ella sentía dolor. Trató de agarrarse la cabeza, pero no podía mover las manos.

¡Quédate tranquila acostada, Judith, y mantén los ojos cerrados! Te he traído algo, un regalo para ti. Él le había traído algo, un regalo. Estaban sentados a la mesa, estaba oscuro, ya era bien entrada la noche. Los demás se habían ido. Sólo ellos dos, sólo sus dos voces, la voz de él. Adivina qué es. Ella tenía que adivinar.

Era un sonido, ¡y vaya sonido! A ella le era familiar, lo conocía. Lo conoces, Judith, ¿no es así? ¿Estás contenta? Estaba contenta. Aquel juego al viento, aquel delicado tintineo. Varilla con varilla, cristal con cristal. Su pieza más valiosa. De Barcelona. «Espero no molestarla. Espero no molestarla. Espero no molestarla.» La primera vez que él estaba en la tienda, de pie junto a ella. ¿Recuerdas? El principio de la historia, la luz radiante, las varillas al viento, como estrellas fugaces que se sacaran a bailar entre sí. La promesa de eternidad, nuestro gran amor. ¿Cómo sonaba? ¿Cómo alumbraba? ¿Cómo suena? ¿Lo oyes? ¿Más fuerte? ¿Aún más fuerte? ¿Aún más brillante?... ¡Su cabeza!

Quédate tranquila acostada, Judith. ¡Mantén los ojos cerrados! ¡No los abras! Si los abres, ahuyentas las luces, disipas el sonido. Si lo abres, estás sola, estás en la sombra, eres la sombra. Todo a tu alrededor está oscuro y silencioso. Quédate aquí. Quédate conmigo. Ella debía quedarse con él.

Se dio un fuerte golpe en el hombro con el borde de la cama. Abrió de golpe los ojos. ¿Hannes? ¿Dónde estaba? Mierda. ¡La cabeza! ¿Dónde estaba la araña de cristal española, quién la había hecho oscilar, de dónde habían venido esos sonidos? Ella buscó a tientas el interruptor. Las bombillas normales de bajo consumo de la lámpara de Praga se encendieron e iluminaron la habitación vacía, muda, silenciosa.

Judith anduvo a tientas hasta el salón. ¿Hannes? No había nadie allí. La mesa estaba recogida. Ya no quedaba nadie. En la cocina había un montón de platos y ollas fregados. Todo estaba limpio. Se secó el sudor de la frente con la camiseta empapada. Le temblaban las piernas. Fue tambaleándose hasta la puerta, la abrió, encendió la luz del pasillo. No había nadie, ningún mensaje, ninguna señal, el señor Schneider muerto, la escalera sin vida. Cerró la puerta y echó el cerrojo, se dirigió lentamente a la cocina, luego al baño, se inclinó sobre el lavabo, se echó agua fría en la nuca, cogió la toalla y se frotó el pelo mojado.

Mierda. Le dolía la cabeza por el alcohol. Tomó un analgésico fuerte y se enjuagó la boca con agua tibia.

A continuación, tomó la pastilla que parecía un reloj de arena diminuto, y otra, la amarilla (para lo que le fallaba en la cabeza). Y otra más, la ovalada, para que no le fallaran más cosas (si es que no le fallaban ya). Se preguntó si debía llamar al médico de urgencias. Pero ¿qué urgencia tenía? ¿Le faltaba el hombre para esa voz y la araña para ese tintineo? Contra la falta de argumentos para explicar urgencias, ni los médicos de urgencias podían hacer nada.

Se dio de plazo hasta el amanecer. Ni hablar de irse a la cama. Decidió dedicarse a actividades útiles hasta que se hiciera de día. Guardó los platos en la estantería, lo más despacio que pudo. Se le cayó un plato de la mano, tan sólo uno por desgracia. Tardó como mucho cinco minutos en buscar y recoger los pedazos.

Poco a poco amainaba la tormenta en la cabeza y caían los primeros velos de niebla. Judith regresó lentamente al dormitorio, abrió el enorme armario y comenzó a vaciarlo, con las dos manos arrojó fuera todo su contenido, hizo una pila gigantesca de abrigos, chaquetas, jerséis, camisas, camisetas, blusas, pantalones, calcetines y ropa interior. Luego empezó a doblar y guardar la ropa, prenda por prenda, una encima de otra. Al cabo de un rato, las manos de Judith prescindieron de su colaboración y continuaron solas.

Algunas la contemplaban desde lejos. Estaban sobre la estantería y colgadas encima de la cómoda. Fotos corrientes de la niñez, se diría, pero los marcos ya no podían retenerlas. En cuanto fijaba la vista en una, venía directo hacia ella. Él tenía orejas grandes de soplillo, tupido pelo negro y pestañas largas. Ven, Ali, dijo ella, puedes echarme una mano si quieres, entre los dos ordenaremos deprisa el armario y luego nos vamos al cine.

¿Qué dices? Acércate, no te entiendo nada. No pongas cara larga, por favor. Siempre quieres jugar al escondite, desde que naciste jugamos al escondite. Bueno, cuando sea de día, iremos al parque. Podrías ponerte los zapatos alguna vez. Yo tengo que acabar esto deprisa.

Ya, ya, ya, Ali, no hace falta que grites así, ya voy. Cojo las gafas de sol. Me pongo el sombrero. No necesito chaqueta, mamá, no voy a coger un resfriado, tengo calor, no, no voy a enfermarme. ¡Sí, cuidaré a Ali! Aquí está su foto. El clavo se queda ahí. Pero Ali viene conmigo. Salimos al aire libre. Sólo queremos jugar un poco, mamá. Estamos en el parque Reithofer.

Meto la llave. Abro el portal. Ya es de día. Quédate conmigo, Ali, no te adelantes. Cuidado con la gente, no te choques con ellos, no los empujes, son policías y ladrones, pero ellos no juegan, hablan en serio.

—¡Y usted haga el favor de dejar en paz a Ali, es mi hermano pequeño! Aquí está su foto... ¡No mire así!... ¡Y usted no nos toque! ¡Vamos al parque!

Allí están por fin los árboles, el banco está ocupado, me acuesto en la hierba, estoy un poco mareada por el aire fresco, no debo alterarme. Ali, ¿dónde estás? ¿Te has escondido? ¿Ya estás jugando? Ven aquí, Ali, necesito descansar un poco. He corrido mucho, tengo las piernas cansadas.

¿Ali? ¡Ali, ven aquí! No tiene gracia. No puedes quedarte tanto tiempo escondido. Esto no es un juego. ¿Ali? ¿Ali? ¿Aaaaaaaaaaaliiiiiiiiiiiii?

—Perdone, ¿ha visto usted a mi hermano Ali?... No, no necesito una chaqueta, no cogeré un resfriado, sólo estoy un poco mareada y he perdido a mi hermano... ¡Eh, ustedes, ahí! Sí, ¿están todos sordos o qué? ¿Por qué huyen? ¡Locos ustedes! ¡Locos de remate!

Estoy mareada, me siento mal.

—¿Por qué miran así? Sólo estoy descansando un poco.

A ese hombre lo conozco.

—¿Hannes? ¿Hannes? ¿Eres tú? ¡Me has llovido del cielo!... Gracias, no tengo frío... No, Hannes, si no lloro, es que he perdido a Ali. Tienes que ayudarme... ¿Lo has encontrado? ¿Y está bien? ¿Mamá está muy enfadada conmigo?... No, no me pongo nerviosa. Es que estoy tan feliz, te lo agradezco tanto... Sí, lo prometo. Pero llévame lejos de aquí. No soporto a esta gente, cómo miran. No, no tengo miedo de que me den una inyección... ¡Sí, quédate, por favor! ¡Te necesito! Necesito que te quedes conmigo.

Fase doce

1.

La mesilla de noche color blancuzco pertenecía al mobiliario de una clínica psiquiátrica, y en la cama de al lado, por desgracia, estaba ella... La primera noción de Judith cuando volvió a poner los pies en el suelo de caucho fue tan abrumadora que prefirió volver a dormirse en el acto, obedeciendo al principio activo administrado por vía intravenosa.

Su segundo despertar, mucho más tarde, no fue ni bueno ni malo. Era otro mundo. Pero tal vez debería ir aceptando poco a poco que las cosas de ese otro mundo eran fatales y debería familiarizarse con ellas, en lugar de defenderse continuamente... Hannes. Sí, en efecto, ahí estaba sentado Hannes, con una sonrisa radiante gracias a sus dientes de un blanco sobrenatural heredados de su abuela, y haciéndole un guiño cómplice la despertó de su hibernación anticipada por medio de medicamentos. En favor de su presencia cabía alegar lo siguiente: él la protegía de mamá, que ya ocupaba su puesto en el Muro de las Lamentaciones y tan sólo esperaba a que Judith reaccionara de una vez.

—Hola, ¿qué haces TÚ aquí? —susurró Judith, afónica, tratando de dar a su cara una expresión emparentada con la sonrisa.

—Te he encontrado —dijo él, con un inoportuno deje de orgullo y fascinación.

—Hannes te ha recogido del suelo y te ha traído al hospital.

Ésa era la versión más pedestre de su madre.

Judith: —¿Pero por qué...?

—Pura casualidad —la interrumpió él, deseoso de aclarar el asunto cuanto antes.

Explicó que el domingo por la mañana había hablado por teléfono con Gerd y que él le había dicho que estaba preocupado porque la noche anterior, después de una «cena de lo más agradable, lástima que yo no haya podido estar», de repente ella se había puesto bastante mala y que no podía localizarla. Como él, Hannes, tenía unas gestiones que hacer cerca de la casa de Judith, le había propuesto a Gerd llamar al portero automático, por si era que ella no escuchaba el móvil. En la Märzstraße, a la altura del parque Reithofer, se había encontrado con una pequeña aglomeración de gente. Y en la acera había una mujer en cuclillas, que parecía necesitar ayuda y asistencia.

—Y eras tú —dijo Hannes, más encantado que horrorizado—. Así fue como te encontré.

Madre: —Hija, ¿qué haces...?

Judith: —Mamá, por favor, de verdad que no estoy de humor...

Madre: —Hija, andas corriendo semidesnuda por la calle, podrías haber cogido un resfriado...

—Ahora mismo nos vamos, Judith, y te dejamos en paz —la tranquilizó Hannes, y le puso la mano en el hombro a su madre—. Lo único que queríamos era que no estuvieras sola cuando te despertaras, porque has de saber que siempre tendrás a alguien cuando no te encuentres bien.

Sin ver a su madre, Judith sabía cómo era su mirada. Ya sólo por eso jamás habría podido amar a Hannes.

—Eres muy amable —dijo.

Él ya se había puesto de pie, había cogido del brazo a su madre y saludó con la mano izquierda como sólo él lo hacía: nunca parecía una despedida, siempre era como si dijera «bienvenido de nuevo».

A pesar de que se sentía como una mosca aturdida, estampada en la sábana por la luz blanca de neón,

Judith quería comenzar de inmediato la ardua labor de reconstruir y ordenar los acontecimientos de las últimas horas, ¿o días?, ¿o semanas? Entonces apareció de improviso una grácil enfermera de gafillas redondas, verificó las cifras de medición de algunos valores internos y luego preparó una jeringa, cuyo contenido a Judith le era indiferente (y que probablemente tenía la capacidad de volverla más indiferente todavía).

—¿De dónde es usted? —susurró la paciente.

—De Filipinas —dijo la delicada mujer.

—Lástima que no podamos estar allí —murmuró Judith.

—¡Bah!, hace demasiado calor —replicó la enfermera—, aquí es mejor.

2.

—Y yo que habría jurado que nunca más volvería a verla —dijo Jessica Reimann, en lugar de tenderle la mano.

—Sí, lo sé, lo siento, no sé cómo, pero todo se ha fastidiado —repuso Judith.

Era su primera entrevista en cuatro días, y el principio ya la agotaba y la debilitaba. No había recibido a ninguno de sus amigos, tanto se avergonzaba de su estrepitosa caída, tan insoportable era la idea de tener que disputar con ellos una nueva ronda del juego «Pronto volveremos a la normalidad», cuando acababan de pillarla haciendo trampa y la habían hecho retroceder sin miramientos a la casilla de salida.

—¿Sabe usted al menos por qué está aquí? —preguntó Reimann con grata severidad, como se habla con alguien mayor de edad que ha hecho tonterías.

Judith: —La verdad sea dicha, no exactamente.

Reimann: —Yo sí —tomó papel y lápiz—. Es una simple cuenta de la lechera.

Judith: —¡Uf!, nunca se me han dado bien las cuentas.

Reimann: —No tenga miedo, usted cante que yo hago números.

La psiquiatra quiso saber qué cantidad aproximada de alcohol había ingerido Judith aquel sábado, en qué espacio de tiempo y en forma de qué bebidas, qué, cuánto y cuándo había comido y, además, cuándo había dejado de tomar cada una de las tres pastillas, cuándo y en qué dosis había vuelto a tomarlas, y con cuáles y cuántos analgésicos para el dolor de cabeza las había mezclado. Reimann trazó una gruesa línea por debajo de la lista y recapituló (eran cálculos groseros, en cuanto al alcohol, Judith por si acaso sólo había indicado la mitad de la cantidad probable):

—Si se añaden las interacciones y se toman en consideración los tiempos de efecto, se llega al siguiente resultado, representado gráficamente —a continuación, dibujó en la hoja una elegante calavera, de la que salían unas bonitas nubes de humo—. Con semejante cóctel, una pequeña odisea por el parque es lo más pacífico que puede hacer una persona —opinó Reimann.

—Ya ve usted qué persona tan pacífica soy —dijo Judith.

Después, tuvo que entregar el segundo juego de fragmentos de sus recuerdos. Relató el eufórico comienzo de la noche con sus amigos, el brusco desánimo, el periodo tranquilo en el sofá y sus estados de angustia en la cama.

—¿Provocados por qué cosa? —preguntó Reimann.

—Por voces y ruidos que eran tan reales que...

Reimann: —¿Qué clase de ruidos?

—El tintineo de una lámpara de araña, cuando los cristales chocan entre sí. Era mi araña favorita de la tienda, y ese sonido es único.

—Ya, ya... interesante... ningún paciente antes de usted ha oído una araña que tintinea —dijo Reimann—. ¿Y qué voces eran?

Judith: —Mmm... más bien de nuevo como... un barullo de voces.

No conseguía hablar de su manía con Hannes, no podía decirle algo tan descabellado a una persona tan inteligente.

—Un barullo de voces, ya —dijo Reimann sin inmutarse—. ¿Y luego?

—Luego entré en pánico y me tomé sus pastillas.

—Disculpe, pero no son MIS pastillas. Aunque por desgracia yo tampoco puedo prescindir de ellas, las necesito. Por cierto, es algo que me une a la mayoría de mis pacientes. ¿Y qué le hicieron las pastillas?

—Surtieron efecto.

—Eso está claro. ¿Y qué efecto exactamente?

—Se me nubló la mente y tenía visiones. De repente, las fotos familiares de la pared empezaron a cobrar vida. Estaba mi hermano Ali, como si fuera de verdad. Recordé una situación de mi infancia. Era como un sueño del pasado, pero muy real.

—¿Dónde transcurría ese sueño?

—En mi cabeza.

—Entre otras cosas. Por desgracia, también en plena calle, donde lo compartió con numerosos transeúntes.

—De eso no me acuerdo, mi memoria se interrumpe al atravesar el portal.

—¿Dónde se restablece?

—En la clínica.

—¡Es tarde!

—Justo a tiempo, diría yo.

—Eso también es cierto. ¡Me lo paso muy bien con usted! —concluyó Reimann.

—Yo también con usted —replicó Judith.

Y lo cierto es que ambas hablaban en serio.

Después la doctora se puso de pie, tomó a Judith por los hombros, respiró hondo, como una gimnasta antes del ejercicio de paralelas asimétricas e inició la última declaración de principios:

—Usted es una paciente atípica, ya que en la situación en que se encuentra es capaz de ser irónica consigo misma, cosa que no encaja en el cuadro clínico. Y es una paciente testaruda, no se deja ayudar. Tiene un complicado nudo en la cabeza, pero por lo visto nadie más puede entrar allí. Por lo menos quiero darle un sencillo consejo para desatarlo: ¡busque el principio! Regrese a donde comenzó el problema. Mis estimados colegas psicoterapeutas estarán encantados de ayudarla. Es que no volveré a dejarla salir sin ayuda.

A Judith no se le ocurrió nada mejor que decir que nada, de modo que asintió con la cabeza.

—Y por favor —le gritó Reinman cuando ella ya estaba en el pasillo—, tome las pastillas después del alta, no las mías, las SUYAS, tómelas cada día y en la dosis exacta que se le indica. De lo contrario, pronto vendrá la tercera parte de sus aventuras teledirigidas.

3.

Desde que Hannes había velado su cama de enferma junto con su madre, ella ya no tenía miedo de él... sino de sí misma, lo cual no era mucho más agradable. Hannes sólo servía de pantalla de proyección de sus pensamientos enfermos, y si algún día él desaparecía definitivamente, es probable que ya acechara un digno sucesor a la vuelta de la esquina. Al parecer, lo que «fallaba» en su cabeza se había convertido en un nudo grande como un puño, que noche tras noche se hacía más apretado. ¿Cómo iba a volver al origen de su mal, al extremo del hilo que se había enredado, al comienzo del camino donde se había perdido?

Cuando mejor se sentía era siempre cuando la resignación ante su estado se transformaba en apatía, para lo cual, por fortuna, el personal sanitario disponía de todos los medios necesarios. Cuanto más se preocupaban los médicos y las enfermeras por la desfavorable evolución de su enfermedad, más se tranquilizaba ella. Pues eso significaba que podría permanecer más tiempo en la clínica. No conocía otra forma mejor de protegerse de sí misma.

Al cabo de unos días, volvió a recibir visitas en su pequeño apartamento blanco individual, cuyo austero interior era supervisado por un famélico filodendro: Gerd y todos los demás, que se empeñaban con inquebrantable voluntad en resucitar a la vieja Judith. Al menos cada vez representaban ese papel con más profesionalidad, y la paciente lo agradecía con una sonrisa que ojalá pareciera menos forzada de lo que se sentía.

Las noches en la clínica eran poco espectaculares. Al despertar, a Judith el sueño profundo siempre le parecía un poco artificial, pero al menos por ese medio se les había prescrito a las voces un silencio clínico general. Sólo la araña de cristal de Barcelona le vino a la memoria varias veces. Y en algún momento también recordó cómo se llamaba la cliente que parecía haberse hecho con aquel tesoro: Isabella Permason. ¿Por qué tenía la impresión de que ya había oído o leído antes ese nombre? Como de momento aquél era su último enigma, le agradaba pensar en él. Después siempre se alegraba un poco de seguir sin resolverlo. Porque en los breves momentos en que pensaba en Isabella Permason sentía que por lo menos aún seguía funcionando algo en su cabeza. Todo el resto era una paralización mental a un nivel bajo, no más alto que el colchón de su cama de enferma, la que habría preferido no abandonar nunca más.

4.

El primer rayo deslumbrante de esperanza en la natural opacidad de su existencia de paciente fue Bianca.

—Irradias vida, chica —elogió Judith con el tono de una bisabuela en su lecho de muerte.

—La verdad que usted no, jefa —repuso Bianca—. Parece hecha polvo. Me parece que debería tomar aire fresco superurgente. Y luego ir a la peluquería.

A pesar de todo, Judith no envidiaba en absoluto a su aprendiza, porque mamá se ocupaba de la tienda durante su ausencia.

—¿Lo tienes muy difícil con ella? —preguntó Judith.

—Qué va, para nada —dijo Bianca—. Si su madre es muy parecida a usted en muchas cosas.

—Otro cumplido como ése y puedes irte de aquí ahora mismo.

Más tarde salió el tema de Hannes.

—Es que al Basti y a mí nos ha llamado la atención una cosa —dijo Bianca.

—No, Bianca —replicó Judith—, no quiero seguir con eso. Dejen ya de vigilarlo, por favor, es muy injusto.

Judith le contó que había sido Hannes quien la había encontrado y la había llevado a la clínica, y que al fin y al cabo, de todos sus amigos, él era el que estaba velando su cama de enferma cuando ella despertó.

—Sí, lo sé por su madre —dijo Bianca—. No vea cómo lo adora, creo que hasta está un poco enamorada, jo, ¿y por qué no?, por la diferencia de edad es raro, pero da igual, porque Madonna, por ejemplo, o Demi Moore...

—Sea como sea, ya no le tengo miedo, y en mi estado, eso es lo más importante.

—¿Me deja contarle de todos modos lo que le llamó la atención a Basti? —preguntó Bianca—. Estoy muy orgullosa de él, algún día llegará a ser un auténtico detective, y a lo mejor luego será el protagonista de una saga de películas.

Después vino la minuciosa disquisición de Bianca sobre los cubos iluminados:

—Cada vez que alguien entra por la noche, cuando ya está oscuro, en el edificio donde vive su Hannes, o sea su ex, se iluminan cinco cubos uno encima del otro (son las luces de las escaleras, dice el Basti). Entonces hay que esperar un poco. Y luego se ilumina un cubo en alguna otra parte. Si hay que esperar mucho, el cubo se ilumina muy arriba, digamos, en el quinto piso. Si hay que esperar poco, se ilumina, digamos, en la planta baja, o a lo sumo en el primer piso, dice el Basti. Porque todos los que viven allí tienen una ventana que da a la calle. Algunos cubos brillan mucho, entonces es la luz que enciende alguien cuando entra por la puerta, que está muy cerca de la ventana. Y algunos cubos brillan poco, entonces la ventana está lejos de la entrada. Pero todos se iluminan. Y luego por lo general se iluminan también otros cubos que están al lado, entonces quizá sea en la cocina, el salón o el dormitorio donde alguien ha encendido la luz. Pero siempre tiene que iluminarse algún cubo cuando alguien vuelve a casa, dice el Basti. A no ser que esté iluminado de antes, entonces ya había otra persona en el piso. Es lógico, ¿verdad?

Judith: —Es lógico.

Bianca: —Hannes, o sea, nuestro objeto, tiene su cubo en el cuarto piso, son los cubos siete y ocho, Basti lo ha calculado superexacto. ¡Y ahora preste atención, jefa! Siempre que el señor Hannes entra en el edificio por la noche, como ocurre con todos los demás, se iluminan los cinco cubos uno encima del otro. Eso quiere decir que ha encendido la luz del pasillo, hasta ahí todo normal. Y luego el Basti mira los cubos siete y ocho en el cuarto piso. Espera diez segundos, treinta segundos, un minuto, dos minutos: nada. Cinco minutos: todavía nada. Diez minutos: todavía nada. Quince minutos...

—Todavía nada —murmuró Judith.

Bianca: —¡Eso es! Basti dice que se puede morir esperando, nunca se iluminan los cubos siete y ocho en el cuarto piso. Eso es lo que ha observado. Muy interesante, ¿verdad? Pues eso sólo significa que el señor Hannes no enciende ninguna luz al entrar en su piso, ni tampoco después, no la enciende nunca. Casi siempre está superoscuro. Fascinante, ¿no cree?

Judith: —Pues sí.

Bianca: —Porque las luces de la escalera sí que las enciende. O sea que no tiene fobia a la luz, es que es sólo en su piso, siempre lo tiene oscuro. ¿Comprende, jefa?

—No —respondió Judith, guardándose para sus adentros que tampoco quería entender, y que de haberlo querido, seguro que la solución habría sido trivial, por ejemplo, que en casa de Hannes las bombillas estaban rotas.

—Me quito el sombrero —dijo Judith—, Basti lo ha hecho muy bien. Y ahora acabemos con esto y dejemos en paz al señor Hannes, ¿vale?

—Vale —dijo Bianca—. La verdad que es una lástima, seguro que hay más misterios. Pero si usted ya no le tiene miedo y él ya no la molesta, desde luego no tiene ningún sentido.

5.

Al cabo de dos semanas dijeron que podía dejar la clínica, porque en teoría su ataque tenía que haber remitido hacía tiempo y, de todos modos, en la práctica mandaban los medicamentos. Es probable que en realidad necesitaran camas libres para nuevos locos, pues, según es tradición, para el día de Todos los Santos siempre hay poco sitio en las unidades de agudos. Judith quería vetar su expulsión, pero Jessica Reimann se encontraba en un congreso de psiquiatría en los Alpes (no sólo los pacientes necesitan tomar el aire fresco de las montañas de cuando en cuando).

Durante el fin de semana dejaron que Judith disfrutara una vez más de comida y alojamiento en la clínica. El lunes, mamá fue a recogerla para llevarla a casa. ¿No había un psicópata estadounidense que para justificar su masacre alegó que no le gustaban los lunes? Por suerte, las fuertes pastillas —entre ellas, una nueva brigada blanca antidepresiones— se habían ajustado tan bien a ella que sólo percibió a su madre en forma suavizada, borrosa y también moderada en el tono de sufrimiento y compasión.

En casa, en aquellas inquietantes habitaciones que albergaban voces y ruidos, Judith se escondió al instante debajo de la manta del sofá. Mamá se ocupó un rato de aspirar, quitar y remover el polvo, luego le llevó a su hija una taza de infusión sin azúcar al sofá, en señal de lo mal que andaba, y planteó la muy legítima pregunta de cómo le iría.

Judith: —No lo sé, mamá. La verdad es que sólo estoy cansada.

Mamá: —No se te puede dejar sola en este estado.

Judith: —Sí que se puede, si lo único que quiero es dormir.

Mamá: —Necesitas alguien que te cuide.

Judith: —Sólo necesito alguien que me deje dormir.

Mamá: —Me vendré a vivir contigo.

Judith: —No digas esas cosas, ya sabes que estoy mentalmente desequilibrada.

Mamá: —Hoy me quedo aquí, y mañana seguimos hablando.

Judith: —Está bien, mamá, buenas noches.

Mamá: —Son las cuatro de la tarde, hija. ¿Estás soñando o qué?

Fase trece

1.

Ni pensar en trabajar las siguientes semanas. Es más, ni pensar en casi nada. Judith sólo tenía que tomar sus psicofármacos por la mañana, al mediodía y por la noche, se lo debía a sus amigos en su calidad de tutores, a mamá, a la medicina convencional y tal vez un poco a sí misma. De las pastillas blancas, por lo general tomaba una más de lo previsto, en primer lugar, porque eran francamente diminutas, y en segundo lugar, porque sus lánguidas neuronas se sentían después como si tomaran un baño en un arroyo de montaña con una temperatura ambiente de cuarenta grados.

En lo sucesivo, una de las múltiples inactividades útiles en casa fueron las tres sesiones semanales con Arthur Schweighofer, un psicoterapeuta que le había conseguido Gerd, simpatiquísimo, relativamente guapo, que vestía informal y además era soltero. Era impresionante la paciencia que él tenía para hablar con Judith acerca de todo, no sólo de ella y de sus eventuales problemas, que de todos modos nadie era capaz de precisar. Si algún día llegaba a aflojarse o incluso a desatarse el nudo que tenía en el cerebro, cosa que de hecho era poco probable, a ella tal vez le apeteciera dar una pequeña vuelta al mundo en velero con Arthur, pues parecía un auténtico aventurero cuando se lo escuchaba hablar. Y eso era lo único que ella aún hacía con relativo placer y a menudo durante horas: escuchar.

Para que pudiera aguantar en casa, a más tardar al anochecer tenía que haber alguien presente. Al principio se iban turnando sus amigos. A Lara, por ejemplo, le venía bien el martes, porque era la noche de bolos de Valentin, y de todos modos estaba harta del olor a cerveza mezclada con aguardiante después de medianoche en la cama, así que dormía en casa de Judith y vigilaba sus voces, sin saberlo, claro está.

Todos los fines de semana, Judith podía contar con mamá. Entonces se incrementaba de forma automática su consumo de pastillas blancas. Es cierto que mamá trataba de tomarse su presencia como unas vacaciones en casa de su adorada hija, pero en la curvatura de su boca y en el ceñudo signo de exclamación de su frente siempre se adivinaba el reconocimiento de que había fallado en su educación, de que ahora, en lugar de la merecida jubilación, tenía que atender una aburrida tienda de lámparas y a una hija adulta loca.

Tan sólo durante unos pocos momentos al día Judith lograba poner en marcha su cerebro y analizar su situación. Entonces se aferraba a la exhortación de Jessica Reimann: debía llegar a la raíz de todos sus males, encontrar la punta del hilo para poder desatar el nudo. Pero enseguida se enmarañaba en la red de los recuerdos de la infancia y los síntomas de la adolescencia, interrumpía en el acto su búsqueda debido a un sobrecalentamiento de sus neuronas... y tomaba un baño en el arroyo de montaña.

2.

En su relación con él se había consumado de forma definitiva el salto tantas veces anunciado. Ahora Hannes estaba inequívocamente de su lado. Había llamado a su puerta con timidez un par de veces vía sms y le había ofrecido su ayuda... Y no, a Judith no le importaba que la visitara con asiduidad, no sólo porque en principio ya nada le importaba, tampoco sólo porque él prefería venir los fines de semana, cuando estaba mamá, a la que era capaz de neutralizar a la perfección, sino porque a ella, a Judith, su presencia le hacía muy bien como medicina alternativa.

Ella mucho no sabía de homeopatía, pero ¿acaso no se trataba de lograr la salud con pequeñas dosis de las sustancias activas que habían provocado la enfermedad? Pues bien, la voz de Hannes era exactamente la misma que la de aquel fenómeno surrealista que repetidas noches la había vuelto loca. Ahora que realmente la oía disertando ante mamá en la cocina sobre planificación espacial, estática, materiales de construcción y diseño de cafeteras eléctricas, los fantasmas de Judith se habían disipado y las cosas volvían a estar más o menos en su sitio. Además, el Hannes auténtico disponía de un léxico más variado que su doble fantasmal, que siempre se había limitado a meterle en la cabeza tres o cuatro frases trilladas.

En el trato con ella, la paciente, de todos los amigos y visitantes, él era con mucho el más eficiente y desenvuelto. Siempre estaba de buen humor, sabía adaptarse con facilidad a su complicado carácter, a la repentina alternancia de fases altas y bajas, de letargo y de vigilia. En el tono de su voz nunca había ni el más ligero reproche por el deplorable estado en que se hallaba, por lo difícil que era llegar a ella, por lo poco que podía dar de sí.

Mientras que Gerd y los demás hacían lo imposible por ocultar su desesperación ante la apatía de Judith y a menudo fracasaban, para Hannes parecía ser lo más normal del mundo. En efecto tomaba a Judith tal cual era, aunque no pudiera ser menos «ella misma». En su presencia, ella no se avergonzaba de su enfermedad ni se sentía culpable por tener que depender de la ayuda ajena. Cuando estaba él, empezaba a resignarse a su destino, no, más aún: empezaba a acostumbrarse.

3.

Pronto él también empezó a pasar a menudo por su casa entre semana. Por lo general reemplazaba a alguno de los amigos, que cada vez podían venir menos y a mediados de noviembre ya invocaban el estrés prenavideño para justificarse por no visitar a Judith con tanta frecuencia. Es probable que los hubiese decepcionado y exasperado sobremanera que la mente de Judith no diera muestras de aclararse, que ya no fuese posible conversar con ella, que soliera pasarse horas con la vista clavada en las paredes y sin abrir la boca. Pero ¿qué podía decirles ella? Si no vivía otra cosa que días vacíos y noches insípidas. Ninguno de ellos tenía idea de lo agotador que era. ¿Y encima iba a hablar de eso?

Hannes era distinto. Él no esperaba nada de ella, se dedicaba a sus propias tareas, decoraba mesas y estanterías, limpiaba la cocina (preferentemente cuando ya estaba limpia), escuchaba música, silbaba melodías pegadizas de la época del colegio, navegaba por los canales de la tele en busca de informativos serios, hojeaba libros de divulgación o —mejor aún— los álbumes de fotos de Judith, tomaba notas, hacía bocetos y pequeños planos. Todo esto, sin perder nunca de vista a Judith. Siempre permanecía cerca de ella, le guiñaba el ojo para darle ánimos, le sonreía. Pero la diferencia más grata respecto a todos los demás era que casi no hablaba una palabra con ella, ahorrándole así el agobio de una continua respuesta a la pregunta de cómo se encontraba. Parecía saberlo mejor que ella misma.

Cuando se quedaba por la noche, Judith no se enteraba. Debía de dormir en el sofá. En todo caso, siempre se despertaba antes que ella, hacía que viniera olor a café de la cocina y borraba todos los rastros de su presencia nocturna.

Tan sólo una de esas noches de noviembre envueltas en una densa bruma mental, ella perdió el control de las cosas. Es posible que antes de dormir hubiera olvidado uno de sus medicamentos o tomado el doble de alguno. Quizá también tuvo una pesadilla que la arrancó de repente de su algodonosa semiinconsciencia y despertó en ella los antiguos miedos de voces y sonidos que la acosaban y la empujaban a salir a la calle. Ya creía estar oyendo la característica vibración de las chapas y el inconfundible tintineo de los cristales de su araña española. Pero antes de que la voz que imitaba a Hannes pudiera decir «este gentío», cesaron los ruidos. La luz de la mesilla se encendió. Judith sintió que una enorme mano fría se posaba en su frente afiebrada. Luego él se inclinó con cautela sobre ella y murmuró:

—Tranquilízate, amor. Todo está bien, yo estoy contigo, no puede pasarte nada.

—¿Tú también lo has oído? —preguntó ella, temblando de miedo.

—No —respondió él—, no he oído nada. Probablemente has tenido un mal sueño.

Judith: —¿Te quedas aquí conmigo hasta que sea de día?

Hannes: —¿Eso es lo que quieres?

Judith: —Sí, quédate, por favor. Sólo hasta que salga el sol.

4.

A finales de noviembre tuvo su temida cita de revisión con Jessica Reimann. Mamá la acompañó, pero eso no iba a empeorar más las cosas. Judith había metido en el bolso artículos de tocador, cosméticos, un par de camisones y camisetas. Contaba con que la dejarían en la clínica en el acto. En todo caso, no le apetecía pintar su situación mejor de lo que era, aun cuando Reimann se habría merecido un aspecto distinto del que ella le ofrecería en pocos instantes.

—Hola, ¿cómo está usted? —preguntó la doctora.

—Mentalmente enferma, gracias —respondió Judith.

Reimann se echó a reír, pero esta vez la diversión sólo era aparente. Le preguntó a Judith de qué tenía miedo que temblaba así.

Judith: —De momento de usted.

Reimann: —Sé muy bien cómo se siente, querida. ¡Usted sí que se abandona!

Judith: —Lo sé, pero no puedo evitarlo. Lo mejor será que vuelva a ingresarme en la clínica.

Reimann: —No, no, eso no nos va a hacer adelantar ahora. ¡Propongo que nos pongamos a trabajar de una buena vez!

Una vez que le tomaron el pulso, la auscultaron y le iluminaron por debajo de los párpados, Judith tuvo que describir sus estados de soñolencia y semiinconsciencia de las últimas semanas, y para colmo de manera cíclica, por la mañana, al mediodía, por la tarde y por la noche: una empresa harto agotadora, porque en realidad para ello necesitaba las palabras que le faltaban desde hacía tiempo. Como recompensa, Reimann interrumpió de golpe dos de los medicamentos y redujo a la mitad la dosis de los otros, incluyendo su pastilla blanca predilecta.

—Echo en falta en usted el espíritu combativo —dijo la psiquiatra alarmada, y le estrechó la mano con fuerza—. Debe usted rebelarse. Su salud es pura disciplina mental. Tiene que pensar y trabajar en usted misma, no reprimir. Tiene que llegar al meollo de su problema.

Judith: —Yo ya no tengo ningún problema, yo soy el problema.

No debería haber dicho eso, ahora Reimann estaba ofendida.

—Si hasta los pacientes como usted se dan por vencidos, valdría más que cerráramos. ¿Cómo vamos a ayudar a los que de verdad están gravemente enfermos?

—¿O sea que usted no cree que yo esté gravemente enferma? —preguntó Judith.

—Sólo veo que parece querer enfermarse a toda costa y por lo tanto lleva camino de hacerlo —replicó Reimann—. ¡Y A MÍ me enferma tener que ver eso!

5.

Probó a pasar dos días sin pastillas y trató de llenar el vacío de su cabeza pensando en el origen de sus problemas. Así debían de sentirse los adictos a la heroína en la transición de la desintoxicación a la recobrada crisis existencial. En cuanto ella imaginaba que no estaba gravemente enferma, cosa que ahora ocurría con intervalos cada vez más cortos, se sentía peor. Eso tenía que ver con la sombría perspectiva de volver a encontrarse de repente sola. Ya nadie se ocuparía de ella. Ni siquiera mamá tendría el derecho vinculante de estar a su disposición y de quejarse.

En la sesión de terapia, hizo un esfuerzo y le contó a Arthur Schweighofer su delirante experiencia sonora nocturna, suscitada por una araña española de cristal. Merced a Sigmund Freud, él se mostró firmemente convencido de que durante su infancia en la tienda de lámparas debían haberse desarrollado dramáticas escenas inconscientes. Durante un rato ambos estuvieron pensando y elaborando una intensa tormenta de ideas, luego Judith logró reconducir poco a poco la conversación a las vacaciones de aventura y el título de patrón de embarcaciones.

La primera de las dos noches en vela la había cuidado mamá o, mejor dicho, a la inversa: Judith había cuidado de que mamá no se despertara y le preguntara por qué no dormía. La segunda noche iba a venir Hannes. Pero ya por la tarde avisó que se retrasaría. Y sobre las nueve se disculpó definitivamente: dijo que lo sentía muchísimo, pero que se había enfermado una compañera y tenía que acabar el proyecto que ella dirigía para la mañana siguiente, cuando vencía el plazo de entrega.

Hasta la medianoche, Judith anduvo arriba y abajo por su piso, encendió la radio, la televisión e incluso la
lavadora vacía (para acallar eventuales ruidos y voces
irreales), leyó en voz alta «Clic-Clac», de Anna Gavalda,
y tarareó villancicos. Después estaba tan lejos del sueño y
tan cerca del abismo de la siguiente crisis grave de ansie-
dad que iba a tener que llamar en el acto a su madre, al
médico de urgencias o a ambos. O bien —la variante por
la que al final se decidió—, volver a tomar sus pastillas
en la dosis largamente probada, primero las blancas contra
la profunda tristeza, luego el resto para ponerse la arma-
dura, para la fatiga salvadora y para el redentor vacío en
su cerebro, que por fin le permitiría sumirse en el sueño.

6.

Cuando la despertó al día siguiente o al otro su mala conciencia, oyó voces que pertenecían a la realidad y provenían de la cocina. Mamá y Hannes estaban hablando de su futuro.

—¿De verdad harías eso por nosotros? —dijo mamá, conmovida, como en la escena final de la suegra en una película costumbrista.

—Por supuesto, ya sabes que la amo y nunca la abandonaré —respondió Hannes, igualito que en *El eco de la montaña*.

Luego siguieron detalles más bien técnicos y de organización sobre el futuro cuidado y atención de Judith, la paciente a largo plazo, en casa.

En su mesilla, al lado de la cama, junto a una jarra de agua llena hasta la mitad ya la esperaba la próxima serie de pastillas, apeteciblemente dispuestas en fila, tentadoras como los puntos multicolores de un dado prometedor.

Ya tenía las pastillas blancas sobre la lengua cuando su mirada sombría, que vagaba por la habitación, se posó en un frutero repleto que le habían dejado sobre la cómoda, junto a la puerta del dormitorio. Instintivamente se sacó las pastillas de la boca y las cubrió con la manta. Porque de pronto sintió que algo comenzaba a funcionar en su cerebro. Sobre las frutas redondas, rojizas —manzanas, peras, ciruelas— descollaba una mole amarilla, el macizo racimo de al menos ocho plátanos elegantemente arqueados, que ella al principio percibió como un absurdo cuerpo extraño. Es que Judith detestaba los plátanos, los asociaba con enfermedades diarreicas de la edad preescolar, cuando le metían en la boca enormes cucharadas de una escurridiza papilla marrón, hecha de esas cosas mezcladas con cacao en polvo. Aquel sabor aún seguía adherido a su paladar.

Cuanto más fijaba la vista en el racimo de plátanos, más se acercaba una imagen concreta. Una imagen que la retrotrajo al supermercado, a la época de Semana Santa, apenas siete meses atrás, cuando ella aún parecía tener por delante una vida completamente normal, y cuando le llamó la atención un hombre entonces desconocido, un supuesto padre de familia, en cuyo carrito de la compra había un racimo de plátanos exactamente igual al que ahora había venido a parar a su cómoda... Entonces sí que los ojos se le llenaron de lágrimas. Lágrimas auténticas, genuinas, líquidas, que aguzaron su vista y despejaron sus ojos. Para ella, aquel racimo de frutas amarillas encerraba un enigma que le habría encantado resolver. Y con la mayor lucidez posible.

Fase catorce

1.

A partir de ese momento empezó a echar siempre las pastillas por la ancha ranura que tenía en la barriga Specki, su cerdito hucha de plástico rosa que conservaba hacía treinta años y que escondía en el armario, debajo de las camisetas de verano (para los malos tiempos, pues nunca se sabe cuánto tardarán en volver).

En apariencia se mostraba lánguida y desorientada, pasaba la mayor parte del tiempo en la cama o en el sofá, hacía contorsiones raras, en sus paseos de rutina al lavabo o a la ducha se movía como Dustin Hoffman en *Rain Man,* murmuraba cosas incomprensibles, mantenía animadas conversaciones consigo misma, incluso a menudo entre tres, para evitar el embrutecimiento intelectual, miraba al vacío durante horas para relajarse, luego se ponía a temblar de repente con todo el cuerpo y se metía bajo las mantas: un llamativo y variado programa de la vida cotidiana de una persona con constantes anomalías psíquicas, que a ella, cuanto más segura estaba de que Hannes no se perdía detalle, más divertido le resultaba.

Él era un ejemplar enfermero a domicilio. Incluso por las noches, durante las cuales ahora prestaba servicio turnándose con mamá, siempre tenía como mínimo un oído alerta a ella. Cuando se acercaba a su cama, ella se hacía la dormida. Un par de veces le pasó la mano por el pelo y le acarició la mejilla. De cuando en cuando lo oía murmurar: «Que descanses, mi amor». En varias ocasiones sintió su aliento y escuchó el sonido de un beso lanzado al aire, muy cerca de su cara. Soportó con entereza y paciencia aquellos momentos difíciles. Más que eso no se le acercaba, más que eso no había que temer de él.

A los enfermeros les gustaba pasar las tardes de dos en dos, preferentemente en la cocina. En cierto modo, mamá era la singular alumna de arquitectura de Hannes en el primer semestre, y encima un poco dura de entendederas, cosa que a él lo motivaba más. Le encantaba explicar el mundo a los legos. Durante el día podía aparecer a cualquier hora, aunque sólo fuera para traer y guardar los alimentos que había comprado. Por cierto, siempre había plátanos. Judith celebraba cada una de aquellas entregas y rebosaba de ideas acerca de los sitios más discretos donde tal o cual espécimen podía eliminarse. De vez en cuando, si la cáscara era amarilla sin manchas, hasta comía uno: la verdad es que no sabía tan mal y le sentaba de maravillas al estómago.

Cuando él estaba fuera de casa, ella le pedía a Bianca que viniera a recogerla para estirar las piernas, como lo llamaba oficialmente, y para acostumbrar sus pulmones al invierno. Mamá, que entonces debía encargarse de la tienda ella sola, sólo aceptaba aquellas excursiones entre las protestas. Al aire libre también habría preferido ver a Hannes al lado de la paciente. Cuando Judith y Bianca creían estar fuera del alcance de la vista, iban a la pastelería más cercana, por lo general a tomar un auténtico capuchino con cafeína y una grasienta tarta de turrón. Y después ponían manos a la obra, tal como quería Jessica Reimann.

2.

A Bianca tampoco le gustaban los plátanos.

—Para mí sería la peor tortura del mundo que me encierren en una habitación pequeña, sin ventanas, y con una cáscara de plátano marrón. Creo que me volvería loca —dijo.

Judith le contó lo que recordaba sobre el racimo de plátanos de Pascua del supermercado. Debió de ser durante la primera cita en el café Rainer. Judith le había preguntado a Hannes si tenía familia o si comía él solo todos los plátanos que llevaba en el carrito de la compra el día que se conocieron. Él se había reído y había contestado más o menos lo siguiente: que los plátanos eran para una vecina inválida, una viuda con tres hijos, que una o dos veces por semana él le hacía la compra, y que lo hacía sin recibir nada a cambio, porque a él también le habría gustado tener vecinos que lo ayudaran si estaba mal.

—¿Y? —preguntó Bianca después de una pausa.

—Y nada, eso fue todo —respondió Judith.

Bianca torció el gesto.

—La verdad, me esperaba algo superfuerte, con lo emocionada que usted estaba. ¿Qué tiene de especial esa historia?

Judith: —Lo especial es que nunca volvió a mencionar ni una sola palabra acerca de la vecina.

Bianca: —Vale, es raro. Pero tampoco tendría nada de interesante hacerle la compra a alguien. Quiero decir, si vas a comprar zapatos, eso ya es otro cantar. Pero ¿comida? ¿Qué cosa importante se puede contar de eso? Quizá él mismo no conozca mucho a esa mujer. Quizá sólo le lleva los plátanos y las otras cosas, y se va. O quizá ella se ha mudado. O se ha muerto. Hay muchas posibilidades, jefa. Pero si usted quiere...

Judith: —Tengo una intuición, y es la primera que tengo en mucho tiempo. Tu novio, el Basti, ¿no podría...?

—¡Y tanto!, usted ya sabe que a él le encanta eso. Puede decir que es el nuevo mensajero o algo así.

3.

Las pesquisas de Basti en el edificio de Nisslgasse 14 resultaron más bien infructuosas. La portera serbia de la planta baja fue la única que se mostró dispuesta a brindar información. Y descartó que allí viviera una viuda inválida con tres hijos.

Bianca: —Ella lo sabe perfectamente, porque no hay ningún niño en toda la casa, salvo su propio bebé, y otro en la tripa de la señora Holzer, la mujer de al lado que está embarazada, pero que por desgracia no es viuda ni de coña. Y muy inválida tampoco puede ser, porque en el verano corrió el maratón de la ciudad, aunque todavía no estaba embarazada, o por lo menos aún no lo sabía, porque cuando una está embarazada y corre un maratón...

—Ya entiendo —dijo Judith.

Bianca: —Pero la portera tampoco conoce muy bien a los inquilinos. Es un edificio donde nadie conoce a nadie, le contó al Basti. Es que es típico de Viena. Un día huele a cadáver y de repente te enteras de que allí vivía alguien. Y luego lees en el periódico que el hombre que murió era bastante reservado. Hombre, desde luego, si no, le habría llamado la atención a alguien, digo yo.

—Así es.

Bianca: —Ella tampoco sabía, por ejemplo, que en el número 22 vivía el señor Bergtaler, pues no tenía idea quién podía ser. Cuando el Basti se lo describió, le dijo: «¡Ah!, es ese hombre simpático, que siempre me sujeta la puerta, ése por lo menos es amable y saluda». Pero tampoco sabía que vivía en el número 22, en el cuarto piso. Ella creía que ese piso estaba supervacío.

—¡Vaya...! —dijo Judith.

Bianca: —Pero hay otra cosa que al Basti le llamó la atención.

Judith: —¿Qué cosa?

Bianca: —Lo malo es que aún no me lo ha dicho, dice que tiene que estudiarlo con más detalle para ver si es cierto. Pero si llega a ser cierto, dijo, entonces sí que habrá descubierto algo.

Judith: —Pues estoy muy intrigada.

Bianca: —Créame que yo también, jefa, superintrigada.

4.

El año de horror entró en la fase final con unos días de Adviento sin color ni nieve. Judith aún no se había librado del todo de sus temores persecutorios, pero pensaba que les llevaba como mínimo unos cuantos pasos firmes de ventaja. Sin la influencia de las pastillas, andaba todavía con paso vacilante y su sistema nervioso era sumamente delicado, pero sus ideas le parecían mucho más claras y creía sentir que poco a poco el nudo iba aflojándose. Ahora lo único que debía hacer era tirar de los hilos indicados.

Ella misma estaba bastante impresionada de sus dotes de actriz. Sabía por intuición que era mejor seguir haciéndose la demente en casa por un tiempo. Hannes ya la había engañado muchas veces, ahora le tocaba a ella. Además, su presencia ya no le infundía miedo. Aún se sentía un poco débil para llevar las riendas de su vida a solas, como antes. Pero ya disfrutaba pensando en el momento en que le entregaría a él el atiborrado cerdito Specki y le diría: «Gracias, mi querido enfermero. Toma esto como recuerdo de nuestra segunda época juntos. Estoy recuperada de mí misma y, lo siento, pero ya no me sirves de nada aquí».

En las entrañables conversaciones con mamá en la cocina, Hannes ya había anunciado una gran sorpresa navideña. Por supuesto que era para Judith, pero él quería compartirla con la familia y los amigos. De modo que era probable que planeara una pequeña fiesta.

—Se quedará con la boca abierta —lo oyó cuchichear a Hannes.

—¿Pero se enterará de algo en su estado? —preguntó mamá, siempre tan encantadora.

—Claro, claro —contestó Hannes—, aunque no pueda demostrarlo... en su fuero interno siente igual que nosotros.

5.

La tarde del quince de diciembre, sin el control de Hannes —que estaba trabajando en el extranjero—, Bianca la llevó lejos, a la pastelería Aida, en la Thaliastraße. Basti, que resplandecía particularmente pelirrojo bajo la intensa luz de las bombillas, ya las esperaba y hacía girar nervioso la minúscula bolita plateada del labio.

—Se ha confirmado su sospecha —dijo Bianca, que en pocas semanas se había convertido en candidata al papel de una nueva comisaria de la serie *Tatort*.

Él asintió con la cabeza, y lo hizo con la boca ostensiblemente abierta, un indicio seguro de que le había cedido la palabra a su novia, sin resistencia y tal vez para siempre.

—¿Recuerda usted lo que le conté en la clínica sobre los cubos luminosos, jefa? —preguntó Bianca. Sin esperar una respuesta, continuó—: Pues cuando ya está oscuro y el señor Hannes llega a casa, siempre se iluminan los cinco cubos uno encima del otro, eso quiere decir que ha encendido las luces del pasillo, tal como hacen todos los demás cuando vuelven a casa. Pero nunca se iluminan los dos cubos, el siete y el ocho, del cuarto piso, porque él no enciende la luz cuando llega a su piso. ¿Se acuerda?

Judith: —Sí, es sospechoso.
Bianca: —¡Y ahora preste atención!
Judith: —Sí.
Bianca: —Ya sabemos por qué no enciende la luz.
Judith: —¿Por qué?
Bianca: —¿No lo adivina?

Judith: —No quiero advinar nada, Bianca, ¡por favor!

—Dilo de una vez —refunfuñó Basti.

Bianca: —No enciende la luz porque no entra en su piso, es que no vive en su piso ni de coña.

—¿Por qué no?

—Es un poco largo de contar.

—¡Bianca, me sacas de quicio!

Bianca: —Como el Basti miraba los cubos siete y ocho, y no se iluminaban ni de lejos, notó que el cubo de al lado, el seis, siempre estaba iluminado, ¿no, Basti?

Él asintió con la cabeza.

Bianca: —Y el cubo cinco, o sea, otro más a la izquierda, también estaba iluminado, pero no tanto, porque casi siempre se iluminaba con el seis, porque probablemente la lámpara estaba en el seis.

Judith: —Ya, ¿y?

Bianca: —Siempre que el señor Hannes entraba en la casa...

Judith: —Sí, las luces del pasillo, ya lo sabemos. ¡Haz el favor de ir al grano!

—¡No sea tan impaciente que me quita toda la diversión! —se quejó la aprendiza.

—Anda, dilo ya —gruñó Basti.

Bianca: —Pues un día al Basti le llamó la atención que de pronto el cubo cinco se iluminó más que antes, justo después de que el señor Hannes volviera a casa. Al principio, desde luego, creyó que era una supercasualidad. Pero cada vez que...

Judith: —Que Hannes volvía a casa...

Bianca: —Eso es, jefa. De pronto el cubo cinco se iluminaba más. Y fijo que era porque alguien había encendido la luz en el cubo cinco. Y ese alguien sólo podía ser una persona.

—El señor Hannes —refunfuñó Basti.

Bianca: —Emocionante, ¿no? Y eso sólo puede querer decir que el señor Hannes no vive en su piso. Y si es que vive en algún sitio, vive en la casa de al lado.

—Nisslgasse 14 —murmuró Basti.

Bianca: —Y si vive solo, no ahorra nada de energía, todo lo contrario, porque deja todo el día encendida la luz del cubo seis.

Judith: —Así que quizá no vive...

Bianca: —¡Solo! Guay, jefa, igualito pensamos el Basti y yo.

—Y quizá...

Bianca: —Así es, jefa.

—La viuda inválida de los plátanos —refunfuñó Basti, e hizo girar la bolita plateada.

6.

Durante cinco días, debido a sus supuestos problemas psíquicos, Judith tuvo que hacer como si nada hubiera pasado. Ésa fue, junto con la recuperación de matemáticas en séptimo curso, la tarea más difícil de su vida, y su consecución, quizá, la mayor de sus hazañas.

El veinte de diciembre, Hannes se dedicó todo el día a hacer citas y gestiones navideñas. Mamá estaba obligada a quedarse en la tienda de lámparas a partir del mediodía, porque Bianca tenía que ir urgente al ginecólogo, cosa que no se le puede prohibir a una aprendiza por más que se quiera, y menos faltando cuatro días para Navidad.

En realidad, Bianca y el bombero Basti, vestido de uniforme, recogieron a Judith sobre la una de la tarde, en medio de una fuerte nevada, para visitar juntos el edificio número 14 de la Nisslgasse.

—Mire, jefa —dijo Bianca, desde el asiento del acompañante del coche aparcado—, en la cuarta fila empezando por abajo hay dos cubos iluminados, el quinto con una luz suave y el sexto con una luz fuerte. Tal como siempre lo hemos visto.

Bianca se quedó en el coche vigilando la entrada para avisar por el móvil si aparecía Hannes. Basti abrió el portal en pocos segundos. Subió por el ascensor hasta el cuarto piso y llamó a la puerta número 21. Judith estaba en la escalera, unos escalones más abajo, a la escucha de lo que pasaba. Tres veces sonó el timbre, una vez murmuró él:

—No hay nadie.

Por lo visto, luego alguien abrió la puerta. Basti gruñó algo de «protección contra incendios, control, vías de evacuación, rutina, no dura mucho». Tras una pausa interminable, la puerta se cerró. Judith esperó unos instantes para asegurarse de que Basti estaba en el piso. Después bajó las escaleras a saltitos y fue corriendo a reunirse con Bianca en el coche.

—¿Quiere? —preguntó la aprendiza, y le ofreció a Judith un lápiz de labios que olía a fresas silvestres—. Va superbien para los nervios.

Basti volvió unos cinco minutos después. Tenía la boca más abierta de lo habitual.

7.

—Una cosa está clara, señora Judith, el señor Hannes le ha mentido —dijo Basti.

Para la reunión posterior fueron a la fonda Raab, popular punto de encuentro de bomberos, con autoservicio en los grifos de cerveza, sobre los cuales habían estimado conveniente poner un letrero que decía «Entrenamiento avanzado de bomberos». El problema era que ahora todo dependía de las palabras de Basti, y había que sacárselas con sacacorchos de una en una. Le había abierto una mujer de unos sesenta o setenta años, que no era inválida ni tenía hijos pequeños, al menos allí no había ninguno.

—¿Qué aspecto tenía?

Basti: —Bastante normal. Pero al principio no quería dejarme entrar.

—¿Por qué no?

Basti: —Porque ha dicho que su yerno no estaba en casa.

—¿Yerno?

Basti: —Sí, así es.

—¿Le has preguntado cómo se llamaba?

Basti: —No. Pero es nuestro señor Hannes.

—¿Cómo lo sabes?

Basti: —Porque ha dicho: mi yerno Hannes no está en casa.

—¡Impresionante! ¿Y qué más ha dicho?

Basti: —No mucho más.

—¡Venga, Basti, haz un esfuerzo! ¿Qué ha pasado luego?

Basti: —Al final me ha dejado entrar. Y lo he mirado todo.

—¿Y?

Basti: —En cuanto a la protección contra incendios, todo estaba bien, sólo el acceso a la pasarela del techo...

—¿Y el resto?

Basti: —También. Es un piso bastante bonito. Todo ordenado. Limpio. Bien cuidado. Normal, vamos.

Judith y Bianca se miraron y se encogieron de hombros.

Basti: —El señor Hannes lleva doce años viviendo allí. Y el piso de al lado, o sea, su verdadero piso, el número 22, que siempre está a oscuras, también es de él, allí vivía antes.

—¿Cómo lo sabes?

Basti: —Porque me lo ha dicho ella.

—¿Y qué más ha dicho? ¿Qué pasa con su hija?

Basti: —De eso no ha dicho nada. Pero se llama Bella.

—¿Cómo lo sabes?

Basti: —Porque lo pone en la carta que está en la pizarra del vestíbulo: Para Bella, mi ángel en la tierra, o algo por el estilo. Y abajo: Con amor eterno, Hannes, creo, amor o fidelidad, una de dos.

—¡Qué fuerte! —dijo Bianca.

Judith: —¡Qué contenta se pondrá mamá cuando se entere!

Basti: —Y al lado había fotos. Y por encima también. Toda la pizarra estaba llena de fotos de esa tal Bella.

—¿Cómo es?

Basti: —Muy joven y bastante guapa, pero muy delgada, más bien rubia y, no sé cómo decirlo, pues como eran antes las mujeres.

—Nada sexy, vamos —tradujo Bianca.

Basti: —Y en un par de fotos no sólo estaba esa mujer, sino también Hannes. Nuestro señor Hannes, sólo que veinte o, como mínimo, diez años más joven.

—Increíble —dijo Judith—. ¿Y qué ha sido de esa tal Bella?

Basti: —Eso no me lo ha dicho.

Bianca: —¿Por qué no se lo has preguntado?

Basti: —Porque, a ver, ¿qué le importa eso a un bombero?

Bianca: —Quizá haya muerto.

Basti: —No lo creo.

—¿Por qué?

Basti: —Porque yo más bien creo que estaba allí, en la habitación de la puerta cerrada, donde la vieja no me ha dejado entrar, aunque le he dicho que también había que inspeccionarla, por la protección contra incendios, pero ella se ha negado.

—Qué fuerte —dijo Bianca.

Basti: —Y además es justo la habitación que desde la calle está en el cubo número seis. El que está siempre iluminado, incluso de noche.

Fase quince

1.

Cuando él se acercó a su cama por la noche, ella se hizo la dormida, pero le temblaban los brazos y las piernas. Había olvidado hacer desaparecer las pastillas en la hucha y, como es natural, él enseguida notó que aún estaban en la mesilla. Le deslizó la mano bajo la nuca húmeda de sudor y le levantó la cabeza. Como una de esas muñecas que duermen cuando están tumbadas y, cuando se las sienta, se despiertan de golpe, ella abrió los ojos y, evitando mirarlo, se quedó con la vista fija en la cómoda con la fuente de plátanos.

—Amor, tenemos que tomar nuestras medicinas tres veces al día, si no, nunca nos curaremos —susurró él, y le llevó a los labios el vaso de agua, donde ya flotaban las pastillas.

En décimas de segundo, ella tuvo que decidir si ponía fin a su actuación y le arrojaba el vaso a la cara. No, era más prudente cerrar los ojos una vez más, abrir la boca, tragar obedientemente, asumir la caída libre y sumergirse a través de la muralla gris de algodón. Se juró que aquélla sería la última vez.

Cuando él se fue, se apretó las sienes con las manos y trató de ahuyentar los primeros indicios de entumecimiento. Mientras pudiera aferrarse a «Bella» con sus pensamientos, se mantendría por encima de la línea de niebla. Entretanto se le cruzó por la mente Jessica Reimann, que tan orgullosa se habría sentido de ella. Y de repente fue el «Domino Day», una ficha tirada a la otra, cada enigma resuelto desvelaba el siguiente: Bella era la abreviatura de Isabella. Isabella, Isabella, Isabella... Permason, la compradora de la lámpara. Y era cierto que conocía ese nombre, era el primero de la lista. Isabella Permason. La letra de Reimann, inclinada y con los lazos de las eses. Había sido durante su primera cita en la unidad de psiquiatría: Reimann estaba sentada frente al ordenador examinando los resultados de los estudios. Judith había cogido el papel, había recorrido con la vista los datos personales y se había detenido en los nombres desconocidos. «¿Quiénes son los otros?», había preguntado. «Historias clínicas similares de nuestro archivo», había respondido la doctora. Arriba del todo... no, no se equivocaba, seguro que no... arriba del todo: Isabella Permason. Ella y esa mujer en la misma lista. El enlace: Hannes. La misma voz, la misma araña de cristal. El mismo tintineo. La misma luz, y cómo se iba haciendo más y más débil. Tan sólo ruidos apagados. Cayó la niebla. La muralla la rodeó y le tapó la vista. Dormir sólo una vez más. Dormir profundamente una vez, y a ver.

2.

El 22 de diciembre cayó en domingo. Sobre las diez de la mañana llegó el SMS de Basti desde el vehículo aparcado en la Nisslgasse: Hannes y la mujer que decía ser su suegra habían salido de la casa uno después del otro. Menos de cinco minutos después, Bianca, que estaba lista esperando, recogía a Judith para el previsto paseo de invierno. Pasaron quince minutos más hasta que Basti hurgó con una ganzúa en el bombín de la cerradura del cuarto piso y abrió la puerta. Él y Bianca se encargaron de la seguridad, y Judith pudo entrar en el piso número 21.

—¿Hola? —dijo nada más entrar para darse ánimo a sí misma, y atravesando la galería de fotos y las habitaciones decoradas con pulcritud, revestidas con papel pintado de flores, rodeadas de muebles estilo Biedermeier, donde aún perduraba el aire otoñal, se dirigió directamente hacia la puerta blanca entornada, que rozó dos veces con los nudillos antes de que se abriera sola.

Apenas pudo sofocar el grito. Contaba con casi todo lo que allí podría inspirarle pavor, pero no con una estatua de mármol o porcelana, impávida pero viva, sentada erguida en una cama Art Nouveau, a la luz de un inmenso globo terráqueo que se balanceaba colgado del techo. La estatua viviente no hacía otra cosa que aferrarse con su mirada sombría a los ojos desorbitados de Judith, que, para oír su propia voz y reponerse de la conmoción inicial, murmuró:

—Hola. Perdone usted que me presente así sin más...

Su interlocutora de piel traslúcida y pelo rubio grisáceo, liso, hasta los hombros, bajó los párpados como si fuese a pasar del estado vegetativo al sueño, pero volvió a abrirlos de inmediato para demostrar que estaba consciente.

—Yo... mmm... me llamo Judith, y es probable que usted sea Isabella... ¿Puedo decirle Bella? Pues bien, le diré Bella —Judith hablaba en voz baja, casi en un susurro, para evitar cualquier alteración—. De verdad que no quiero... molestarla, pero ambas tenemos el mismo... —tal vez se equivocaba, pero la mujer muñeca pareció levantar las comisuras de los labios—. Tenemos el mismo... Yo lo conozco bien. Hannes, ¿verdad? Hannes Bergtaler.

Cada pocas palabras, Judith hacía una pausa tratando de adaptarse al ritmo parsimonioso en que transcurría el tiempo en aquella sala de reposo.

—Él y yo, Hannes y yo, estuvimos..., bueno, pues se me atravesó en el camino, prácticamente me di de narices con él. Fue en Semana Santa, en un supermercado. Y entonces... Yo no tenía ni la más remota idea de que él... Nunca me dijo nada. Ni una palabra de usted. ¿Bella? ¿Puede oírme? ¿Entiende lo que estoy diciendo? —la mujer pálida la miraba inmóvil. El segundero de un reloj de pared marrón imitaba el sonido de los latidos ralentizados del corazón—. Yo... mmm... Bella, espero que mi pregunta no sea muy indiscreta, pero para mí es muy importante, sepa usted que aún no me he dado por vencida, me resisto, y por eso mi pregunta: ¿de verdad es usted... de verdad es usted la mujer... quiero decir, la esposa de... él?

Ahora algo se movió en la boca de la mujer, como si sufriera para demostrar que podía sonreír.

—¿Puedo sentarme con usted en la cama?

¡Bah!, daba igual, se sentó sin más y tomó la mano inerte de la paciente. Durante un rato, se miraron en silencio y dejaron que el reloj hiciera su trabajo, hasta que los ojos de Judith se llenaron de lágrimas.

—Es probable que esté usted bajo los efectos de medicamentos muy fuertes, pobre, yo sé cómo es, una está como paralizada, como bloqueada, no sé, como en otro planeta, ¿verdad?

La mujer pálida volvió a pestañear. Debía de haber sido bonita cuando aún vivía con su propia cabeza, y no en contra de ella.

—Es importante para mí decirle una cosa. No sé si usted puede entenderme o... si quiere, pero debo decirle algo: yo no amaba a Hannes, nunca lo he amado, de verdad que no. Pero me he dado cuenta demasiado tarde. Ése fue mi gran error. Ésa fue mi... culpa...

La mujer movió la cabeza, al tratar de girarla bruscamente a la izquierda y a la derecha se le contraían los débiles músculos de la cara. Parecía suponer un gran esfuerzo para ella expresar desacuerdo.

—No sé si tengo derecho, comparada con usted... Sabe Dios lo que habrá sufrido, cómo habrá llegado a... ¿Fueron voces? ¿Voces de al lado? Conozco a Hannes. Se vale de cualquier medio. Tiene ese único objetivo. No puede evitarlo. Su idea del amor es... no tiene nada que ver con el amor. Le pido perdón si me... —balbuceó Judith.

Isabella apretó los párpados, luego su mano derecha se movió, soltó la de Judith, poquito a poco llegó a la mesilla que había junto a su cama y extendió el pulgar para señalar algo. Allí, al lado de una pila de libros ilustrados, había un radiodespertador, delante un vaso de agua, un termómetro junto a cáscaras de plátano y cajas de medicamentos, y en un jarroncito asiático, unas flores de plástico azules. Pero por lo visto la mujer de piel vítrea se refería al cofre de madera clara oculto detrás.

Judith sacó un collar de grandes cuentas de ámbar con destellos ocres.

—Muy bonito, la verdad —dijo—, espero que a usted el ámbar le guste un poco más que a mí.

Una vez más, la mujer trató de sonreír. Cuando Judith iba a guardar de nuevo el collar en el cofre, le saltó a la vista el dibujo en un papel amarillento: un corazón a lápiz, demasiado ancho. En el dorso había unas líneas escritas a mano. Judith leyó el breve texto, lo releyó, volvió a coger la mano de la mujer, la estrechó con fuerza y dijo:

—Bella, quisiera pedirle un favor muy grande. ¿Me presta esta carta? Sólo por un día. Se la devolveré. Voy a volver, no la dejaré aquí sola. Voy a hablar con su madre, muy pronto, le contaré toda la historia. Todo saldrá... todo irá mejor... Yo me ocuparé de usted, se lo prometo.

3.

Para la noche había prevista una fiesta prenavideña con la familia y los amigos más íntimos, de la que Judith no debía sospechar nada... y de la que tampoco se enteraría mucho llegado el momento, pensaban. Pero no querían quitarle a Hannes la ilusión de la sorpresa.

Al caer la tarde, Judith, Bianca y Basti habían ultimado todos los preparativos necesarios para el éxito de aquella celebración tan especial. Judith se había escondido en su cama por última vez y ahora oía cómo aparecían los primeros invitados, cómo se daban la bienvenida unas o otras sus copas de champán y cómo sus cuerdas vocales realizaban los habituales ejercicios de precalentamiento retórico.

Mientras tanto, sin embargo, también cuchichearon, serios y turbados, en consideración a la incapacitada dueña de la casa. Respecto a su estado mental, Judith supo que estaba «estancado», pero que ya se había «superado el punto crítico», que desde hacía mucho no había «vuelto a haber escándalos», que tenía «un excelente apetito» y que había que ver lo fantástica que es la medicina moderna, con su asombrosa diversidad de sustancias que permitían a los pacientes psiquiátricos llevar «una dignísima vida» en casa. Es más, Hannes sabía que Judith era «una mujer muy alegre y equilibrada» y que podía «llegar así a los cien años como poco».

Al término del debate sanitario, en mérito del abnegado cuidado y atención de su hija, mamá otorgó a Hannes en ambas mejillas, de manera oficial y entre los cerrados aplausos de los invitados, la condecoración rojo cereza o burdeos de sus labios, sin duda pintados con gruesas capas. El sonido de sus besos llegó a la habitación de la paciente.

Ahora la velada se acercaba a su primer apogeo. Judith dejó que la despertaran, la sacaran de la cama y la arreglaran para presentarse ante los invitados... se empeñó en llevar su colección psicópata de invierno: un pijama de franela morado, debajo de un albornoz de rizo negro. Luego, todos sus seres queridos pudieron abrazarla con cariño y darle la bienvenida a este mundo. Sólo guardó las distancias con Lukas, pues delante de él la teatralización le daba un poco de vergüenza. Y a su hermano Ali, que tenía un día particularmente triste, trató de darle ánimos guiñándole un ojo.

Después pidió la palabra el anfitrión.

—Querida Judith, querida familia, queridos amigos, como ya sabéis, no me gustan los discursos largos —dijo Hannes, iniciando su largo discurso.

Habló de los últimos meses, que «bien sabe Dios lo difíciles» que habían sido para todos, de los desafíos que hay que aceptar, de los cambios personales que pueden ocurrir, por así decirlo, de la noche a la mañana, y ante los cuales nos vemos impotentes e indefensos. En ese punto, Judith se atrevió a interrumpirlo con un breve aplauso, que dio lugar a unos gratísimos momentos de embarazoso silencio navideño.

A continuación, Hannes abrevió un poco y pronto arribó a la siguiente conclusión:

—Hoy es un día especial para Judith y para mí —en eso tenía toda la razón—. De hecho, hoy cambiará nuestra... ¿cómo decirlo?, nuestra situación habitacional.

Prolongó de manera significativa las vocales finales y dijo: «situacióóóón habitacionaaaal». Pues bien, aquel día dicha situación iba a cambiar, «por así decirlo, a ampliarse», añadió con una sonrisa de satisfacción. En ese momento, Judith no pudo evitarlo y una vez más aplaudió a rabiar.

Hannes enarboló una llave, la hizo tintinear con aire triunfal y, en el tono de un guardián medieval, dijo:

—¿Queréis hacer el favor de seguirme?

Judith tomó del brazo a Ali y simuló dejar que él la guiara. En realidad era la única que ya sabía adónde conduciría aquel corto camino. Poco antes había conocido un modelo habitacional similar.

Unos instantes más tarde estaban en el piso de al lado, el del difunto pensionista Helmut Schneider, admirando el lujoso diseño de las habitaciones renovadas. En efecto, Hannes había hecho un buen trabajo, y además lo había hecho con una perfeccionista confidencialidad, salvo por algunas operaciones sonoras nocturnas, que casi le habían hecho perder la razón a Judith. Casi.

Por supuesto, en tales momentos de éxtasis no había disputa posible, ni siquiera sobre gustos, a pesar de que en cada centímetro cuadrado de aquella superficie renovada con minuciosidad se advertía a simple vista que el arquitecto responsable normalmente montaba farmacias.

—He anexionado este piso, para que no nos demos de pisotones —dijo Hannes con ceremoniosa modestia.

Al decir «nos», desde luego se refería también a mamá, para la cual parecía avecinarse una tercera primavera. Judith, que se había alejado del grupo y había descubierto la mesa con los bocadillos, declaró abierto el bufet.

—¿Puedo pedirles que presten atención una vez más?

Podía. Porque tenía preparada una última sorpresa, que aguardaba tras la puerta blanca entornada y por la estrecha rendija ya dejaba entrever su extraordinaria luminosidad.

Y bien, allí estaban todos, en la nueva sala de estar, de dormir, de reposo, de inquietud, de día, de noche y de vida de Judith, en el calabozo cinco estrellas destinado para ella, donde tendría todo aquello que Hannes había pensado para su «dignísima vida», incluido un nuevo frutero, más grande todavía, en el que por cierto había tan sólo tres miserables plátanos, eso había que mejorarlo.

Judith se dirigió directamente hacia la pared que dividía su supuesto nuevo hogar de su antiguo dormitorio y la tanteó con disimulo. Nada le habría gustado más que preguntarle a Hannes cómo había hecho el sonido de las chapas metálicas, si la voz era en directo cada vez o si la tenía grabada, o si quizá incluso había colocado altavoces dentro de las paredes. Pero eso ya no le correspondía a ella.

Por supuesto, las miradas extasiadas de los invitados se detuvieron en el centro de la habitación. Allí pendía majestuosa, sobre la cama, la elegante araña de cristal de Barcelona, con su inconfundible colorido resplandeciente.

—Esta araña, querida familia, queridos amigos, esta araña tiene un significado muy especial para nosotros dos —dijo—. Bajo su luz, Judith y yo casi... —la breve pausa era necesaria para que los presentes pudieran esbozar su sonrisa forzada por la conmovedora situación—. Casi llegamos a querernos —dijo.

Judith, la incorregible, se acercó a la araña por detrás, agitó con ambas manos las sartas de cristales, produjo esa melodía extraña pero tan familiar y estalló en ruidosas carcajadas.

—¡Mirad cómo se alegra! —dijo Hannes.

Poco a poco también lo notaron los demás.

4.

El timbre de la puerta puso fin a la comedia e hizo enmudecer de golpe a los presentes.

—Han llegado mis invitados —anunció Judith, con una voz clara y cristalina, a la que ella misma tendría que volver a acostumbrarse.

Bianca y Basti entraron acompañados por dos hombres desconocidos, que permanecieron en el vestíbulo.

—Perdón, no queremos molestar —dijo el más bajo, cuyas gafas parecían haberse empañado por la vergüenza.

—No molestan ustedes en absoluto, de todos modos estábamos de fiesta —los animó Judith—. Por cierto, disculpen las pintas, pero aún no he tenido tiempo de pensar en una ropa apropiada para la ocasión.

Sin necesidad de mirar a su alrededor, Judith se deleitaba con la certeza de que todos la contemplaban con asombro. A Hannes, sobre todo, seguro que su versatilidad lo había dejado «de piedra».

—Estos señores son de la Kripo, la policía criminal —se apresuró a anunciar Bianca, exaltada—: el inspector Bittner y el inspector jefe Kainreich.

La aprendiza se inclinó hacia ellos como para hacerse una foto de grupo. Basti estaba a su lado, con las mejillas rojas y la boca un poco más abierta que de costumbre.

—¿El señor Bergtaler? —preguntó el inspector jefe al corro perplejo y abochornado.

—Soy yo —dijo Hannes.

Su voz sonó angustiada. Tenía la vista baja y le temblaban las comisuras de la boca como aquel día en el café Rainer, cuando Judith rompió por primera vez con él en vano.

—Necesitaríamos hacerle algunas preguntas, así que le rogamos que...

—¿Preguntas? —preguntó mamá, consternada.

—Por eso le solicitamos que nos acompañe a la jefatura, para que podamos...

—Pero por supuesto, señor inspector —interrumpió Hannes con voz trémula—, si puedo ayudar en algo...

Judith: —Sí que puede.

Mamá: —¿A la jefatura?

—Por desgracia, si es posible, sería necesario, ya que se ha presentado una extensa denuncia, pues en dos casos tenemos graves sospechas... —el inspector sacó una libreta azul, se aclaró la garganta y leyó—: En virtud del artículo 99, privación de libertad. Artículo 107, amenaza grave. Artículo 107 bis, acoso continuado. Artículo 109, allanamiento de morada...

Mamá: —¡Pero por el amor de Dios!, ¿de qué se trata?, ¿qué es lo que ha ocurrido?

—Créeme, mamá, no querrás saberlo —replicó Judith.

Y le hizo una seña a Bianca. Ella le dio un empujón a Basti. Él cerró la boca y abrió la puerta.

—Tenemos otra invitada sorpresa —Judith avanzó hacia una mujer alta y enjuta, de pelo corto canoso, que estaba esperando fuera. La tomó del brazo, la llevó con su madre y dijo en tono formal—: Señora Permason, ésta es mi mamá. Mamá, ésta es la señora Adelheid Permason, la suegra de Hannes.

Los siguientes momentos, durante los cuales surtieron su efecto las palabras, fueron los más placenteros de los últimos meses.

—A título explicativo, para mis queridos y atónitos invitados —recapituló Judith—: durante muchos años, en rigor, hasta el día de hoy, Hannes ha brindado a su esposa Isabella, la hija de la señora Permason... digamos, *atención psicológica*.

—¿Qué has hecho? —exclamó la mujer enjuta y canosa—, ¿por qué nos has hecho esto? —las miradas se dirigían a Hannes, que estaba acurrucado en una silla, lejos del grupo, cubriéndose la cara con las manos cruzadas y balanceando enérgicamente la cabeza arriba y abajo—. Estás enfermo, Hannes —exclamó la señora Permason—, eres *tú* el que está enfermo. ¡Gravemente enfermo de la cabeza!

Judith: —Para que sepáis de qué estamos hablando, he traído unas líneas que Hannes le escribió a Isabella. Acompañaban un precioso collar de ámbar que él le regaló hace trece años —Judith tomó el papel amarillento con el corazón dibujado y leyó—: «Para Isabella, mi ángel en la tierra, en su cumpleaños número 25. El amor nos enlaza. La eternidad nos une. Tú eres mi luz y yo soy tu sombra. Nunca más podremos existir separados. ¡Cuando tú respiras, respiro yo! Siempre tuyo, Hannes».

Alfaguara es un sello editorial del Grupo Santillana

www.alfaguara.com

Argentina
www.alfaguara.com/ar
Av. Leandro N. Alem, 720
C 1001 AAP Buenos Aires
Tel. (54 11) 41 19 50 00
Fax (54 11) 41 19 50 21

Bolivia
www.alfaguara.com/bo
Calacoto, calle 13 n° 8078
La Paz
Tel. (591 2) 279 22 78
Fax (591 2) 277 10 56

Chile
www.alfaguara.com/cl
Dr. Aníbal Ariztía, 1444
Providencia
Santiago de Chile
Tel. (56 2) 384 30 00
Fax (56 2) 384 30 60

Colombia
www.alfaguara.com/co
Carrera 11 A, n.° 98-50. Oficina 501
Bogotá. Colombia
Tel. (57 1) 705 77 77
Fax (57 1) 236 93 82

Costa Rica
www.alfaguara.com/cas
La Uruca
Del Edificio de Aviación Civil 200 metros
Oeste
San José de Costa Rica
Tel. (506) 22 20 42 42 y 25 20 05 05
Fax (506) 22 20 13 20

Ecuador
www.alfaguara.com/ec
Avda. Eloy Alfaro, N 33-347 y Avda. 6 de
Diciembre
Quito
Tel. (593 2) 244 66 56
Fax (593 2) 244 87 91

El Salvador
www.alfaguara.com/can
Siemens, 51
Zona Industrial Santa Elena
Antiguo Cuscatlán - La Libertad
Tel. (503) 2 505 89 y 2 289 89 20
Fax (503) 2 278 60 66

España
www.alfaguara.com/es
Torrelaguna, 60
28043 Madrid
Tel. (34 91) 744 90 60
Fax (34 91) 744 92 24

Estados Unidos
www.alfaguara.com/us
2023 N.W. 84th Avenue
Miami, FL 33122
Tel. (1 305) 591 95 22 y 591 22 32
Fax (1 305) 591 91 45

Guatemala
www.alfaguara.com/can
26 avenida 2-20
Zona n° 14
Guatemala CA
Tel. (502) 24 29 43 00
Fax (502) 24 29 43 03

Honduras
www.alfaguara.com/can
Colonia Tepeyac Contigua a Banco
Cuscatlán
Frente Iglesia Adventista del Séptimo Día,
Casa 1626
Boulevard Juan Pablo Segundo
Tegucigalpa, M. D. C.
Tel. (504) 239 98 84

México
www.alfaguara.com/mx
Avda. Río Mixcoac, 274
Colonia Acacias
03240 Benito Juárez México D.F.
Tel. (52 5) 554 20 75 30
Fax (52 5) 556 01 10 67

Panamá
www.alfaguara.com/cas
Vía Transísmica, Urb. Industrial Orillac,
Calle segunda, local 9
Ciudad de Panamá
Tel. (507) 261 29 95

Paraguay
www.alfaguara.com/py
Avda. Venezuela, 276,
entre Mariscal López y España
Asunción
Tel./fax (595 21) 213 294 y 214 983

Perú
www.alfaguara.com/pe
Avda. Primavera 2160
Santiago de Surco
Lima 33
Tel. (51 1) 313 40 00
Fax (51 1) 313 40 01

Puerto Rico
www.alfaguara.com/mx
Avda. Roosevelt, 1506
Guaynabo 00968
Tel. (1 787) 781 98 00
Fax (1 787) 783 12 62

República Dominicana
www.alfaguara.com/do
Juan Sánchez Ramírez, 9
Gazcue
Santo Domingo R.D.
Tel. (1809) 682 13 82
Fax (1809) 689 10 22

Uruguay
www.alfaguara.com/uy
Juan Manuel Blanes 1132
11200 Montevideo
Tel. (598 2) 410 73 42
Fax (598 2) 410 86 83

Venezuela
www.alfaguara.com/ve
Avda. Rómulo Gallegos
Edificio Zulia, 1°
Boleita Norte
Caracas
Tel. (58 212) 235 30 33
Fax (58 212) 239 10 51

Este libro terminó de imprimirse en
en Editorial Penagos, S.A. de C.V.
núm. 152, Col. Pensil, C.P. 11490.